一个人的
江南地理

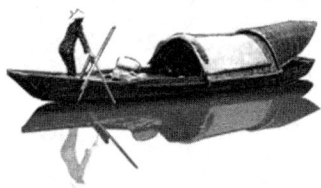

徐水法　著

当你聆听着古树翠竹在山风中的簌簌作响，

观摩着千余年来留存下来的旧物，

你会在一个个可歌可泣的历史故事里，

沉醉不愿醒来。

天津出版传媒集团

天津人民出版社

图书在版编目（CIP）数据

一个人的江南地理 / 徐水法著 . -- 天津 : 天津人
民出版社 , 2018.1
ISBN 978-7-201-12226-7

Ⅰ . ①一… Ⅱ . ①徐… Ⅲ . ①游记－作品集－中国－
当代 Ⅳ . ① I267.4

中国版本图书馆 CIP 数据核字 (2017) 第 228104 号

一个人的江南地理
YIGEREN DE JIANGNAN DILI

出　　版	天津人民出版社
出 版 人	黄　沛
地　　址	天津市和平区西康路 35 号康岳大厦
邮政编码	300051
网　　址	http://www.tjrmcbs.com
电子邮箱	tjrmcbs@126.com

责任编辑	张　凯
装帧设计	马晓琴

制版印刷	三河市天润建兴印务有限公司
经　　销	新华书店
开　　本	660×960 毫米　1/16
印　　张	15.25
字　　数	149 千字
版次印次	2018年1月第1版　2018年1月第1次印刷
定　　价	56.80 元

目录

第一辑　江南表情

大美江山

江山这里不是指一统江山的祖国河山，而是浙江西南的一个县级市。

江山地处浙闽赣三省交界，是浙西南门户和钱塘江源头，素有"东南锁钥、入闽咽喉"之称。

到了江山，发现它不仅仅是一个县级市的建制而已，这个名字还真的和统一江山有许多直接或间接的关系。花了两天行程安排非常紧凑的时间，走了江山的许多地方，感觉眼前这个山明水秀、风光绝佳、百姓淳朴、安居乐业的江南小县城，可以说一直以来和战争两字沾点亲带点故。从古到今，战争的缘起和结果，无非就是两个字——江山。江山冠之以江山，倒也不失为名正言顺。

江山坐落在金衢盆地的边缘，海拔五百余米已经是不低的山脉了，江山的江郎山却在海拔五百多米的山上再向天空耸起三座高达三百多米的石峰。远看，三座石峰如刀削剑劈一样，伟岸挺拔，如长矛直刺云天。近看，更是仰头望天，才见巨峰壁立，出没云海，猿猴难攀，飞鸟难渡。站在岩下，我无法默认那种认为仅仅是大自然造化神力的说法，假如这样，为什么周围那么多山脉没有一处或者说类似的壁岩？我们知道我们的先民曾经给我们留下了许多可歌可泣的故事传说，江郎山又何尝不是先人留下的痕迹！

我宁可想象这是刑天因为被砍了头，用乳头作眼，毕竟有

些不便，舞动干戚之时，就把巨峰劈开了。刑天和黄帝的战争，无意之中成就了江郎山，变成留给我们后人一件鬼斧神工的艺术品。江山有幸，也因此成为世界自然遗产的一员。

这座让旅游鼻祖徐霞客三度到访的奇山，会不会还有人所不知道的神秘呢？几次坐火车远眺江郎山的雄姿，我曾经有过奇想，这远远看到如三股叉的山峰会不会是当年大禹治水经过这里，看到须水、衢水、闽江、瓯江等水畅其流，治水已见功效，就把水中的巨耙反过来随手插在路边的山上。这把巨耙天长日久，原先的两叉就风化成现在的三叉，不信你去看，两座小的山峰合起来和大的差不多。

不过，也有人早在一千五百年之前就看出了江郎山的玄妙，它是上古先人留给后人的神兵仙迹，假如卜邻而居，肯定能够沾到江郎山的仙灵之气，从而家族兴旺繁荣，子孙富贵绵延。这个人就是江南毛氏的第八代先祖毛琼，他看到江郎山的神秀后，就举家迁徙到傍着江郎山的清漾。一千五百余年来，清漾毛氏衍派繁多，名人辈出，至今不衰。到了江山清漾毛氏祖居地，除了惊叹于毛氏一千五百年以来璀璨夺目的独特家族文化，你会发现一个惊天秘密，一个让所有人目瞪口呆的史实。从清漾毛氏衍生出去的湖南韶山派系的毛泽东和浙江奉化派系下蒋介石的发妻毛福梅居然是同一个字辈的人，也就是中国现代史上的国内革命战争实际上有点近似于他们毛氏家族的家庭战争。历史有时候就像一个顽皮的孩子，他的恶作剧就是这样让你哭笑不得，又好气又好笑，爱不起恨不能。

　　如果说江郎山的形成只是个战争传说，廿八都、仙霞岭、枫岭关等则是不折不扣的战争遗物，或者说是历史上一次一次的战争带给我们的奇观，也是带给江山的丰富遗产。

　　江南多古镇，江南古镇的最大特点是小桥流水人家，先是富商云集，缙绅聚居，于是慢慢形成集镇了。江山的廿八都镇却是货价真实的因为战争而衍生的一个独特而又个性鲜明的古镇。之所以敢这么说，首先这是一个屯兵之所在，地处鸡鸣三省闻的边境之地，因为有兵营，一些有商业头脑的人来了，一些流落的败兵住下了，一些想找个退养安全、生活安定的官吏来了，还有些退役的官兵干脆住下不回老家了……慢慢地，天南海北的人都在这里住下了。南方的风情，北方的习俗，东部沿海的方言，西北塞外的官腔，使得现今三千多人的古镇上，居然可以找得到141种姓氏和13种方言。按人口比例，这样的姓氏组合和方言大集中，不要说浙江省内，就是国内也可以独此一家别无分号。从各地来到这里的居民，带来各地居住的习惯，浙式民居，徽派建筑，客家特色、江西模式，同样成就了廿八都这个古镇成为国内为数极少的明清古建筑大观园。在这个闽浙赣三省交界地段，于是一个非常奇特的古镇——廿八都就这样形成了。

　　如长龙灰蛇屈曲盘旋于仙霞岭森郁树木之间的仙霞古道，早已闻名遐迩，相传这是那位"我花开后百花杀"的菊花诗人，也是唐末农民起义军首领黄巢率兵开出来的。千百年来，一直作为战略要隘在维护和防守，至今非常完整的明清关隘城

垛俨然，只是门轴洞由于风化渐渐地失去了圆润，迎面大方石砌就的关墙上那些箭镞孔，也正被岁月侵蚀正在消失。不过，关隘仍在，山道两边的野菊花也开得正旺，岁月去了，历史不会侵蚀更不会消失。看一看关道上磨得锃亮的石子路，抚一抚几人合抱的古枫树，想一想马蹄得得风驰电掣一样的壮观场面……你才会相信，很多东西，风吹雨打，秋霜冬雪，吹尽黄沙始见金啊！

战争更多时候是破坏，是残酷惨烈，对于仙霞关附近的三卿口古瓷村来说，是战争造就了它的成功。这个走进上海博物馆古陶瓷展厅，展出中国现存最古老的窑址，以及生产器具的模型和一些产品的古瓷村，假如当初它的地理位置优越，交通便捷，这个村落一定早已消失在战火纷飞之中了。假如没有战争，无数个和它同时代的瓷村由于便捷的交通、位置的优越，肯定早就超越它了。由于战争，终于使得这个藏在深闺人未识的山间古瓷村，传统制瓷工艺一如几千年华夏文明的源远流长，薪火相传，完整地保存了下来。江山有幸，中华瓷史有幸。

仙霞关附近的枫岭关是一定会给你留下特别的记忆和印象的，枫岭关也是战争留给江山的一笔丰厚旅游资产。枫岭关让每一个人难以忘怀的是浮盖山。浮盖山像一个寓言故事，任何一个游客到了浮盖山，发现那些大小不一、石质和江郎山截然不同的石头、石块等，不是天然的，似乎是哪个巨人用双手垒成的。三叠石俨然一个顽皮小孩找了三块大小差不多的石头，一块压一块叠加而成。最神奇的自然是浮盖石，看上去起码几百吨重的一块巨石，仿佛被巨人凌空放在山顶上，而且底大顶小，就像一个人戴了一顶宽沿的帽子。不管远望近看，都是一副摇摇欲坠的样子，让人担心风一吹说不定就"哗"的一声掉下来了。登临浮盖山顶，可以听得见闽浙赣三省的鸡鸣，再看远处的浮盖石，想想走过的几经战火熏烤的枫岭关，远眺同样经历千百年战火纷飞的仙霞关、廿八都镇，再回顾仙霞关下那座明梯暗道密布、机关算尽的当年国军军统特务头子戴笠的故居，人的一生舍尽一切追求的名和利，最后剩下是什么呢？再回首已百年身，所有的虚名不正如那块没有根基随时有可能坠地的浮盖石！站在山顶，思量自身，顿觉醍醐灌顶，如此营营终生，不如忍把浮名，换作浅盏低唱。

平日里，总觉得一个人长得容貌端正，才学过人，道德修养兼具，这应该算是一个完美的人吧！一个地方，我始终认为，有了得天独厚的自然风光、绝美景色，又有源远流长、丰富积淀的人文历史底蕴，我觉得这样的地方同样堪称完美，是人间天堂、宜居福地。

如此说来，江山这个所有的自然风光、人文历史都和战争有着千丝万缕联系的江南小城，给人一种站在仙霞关上想象千军万马奔腾而来的壮美，一种伫立江郎山下想象上古先人与人斗、与自然斗的奇美，一种徜徉廿八都镇小巷里可以展开想象翅膀，体验幽美静悄的绝美。无论哪一方面，到了江山，面对这个战争下的神蛋，你不由得不承认：江山有大美。

建德二题

夜泊新安江

寻找新安江清凉之旅，最佳答案莫过于在新安江上泊舟唱晚。

当夕阳把燃烧了一天的炙热余情抛留在夹江两岸的山腰、山峰时，没有了烈日的新安江两岸，顿时又变得光线柔和、山色迷离起来。江水澄碧，翔鸟逗趣，沿岸的农家上空，炊烟升腾，所有的场景，俨然一幅恬淡宁静的村居图。

江水因为经历了烈日一天的炙烤，灼热的温度开始消退，这时，一股从新安江水库最底层的极冷水流从水库闸洞急泻而出，冷热交织，就如一块火红的熔铁放入水中淬火，"嗞"的一声，腾起一股烟雾。可惜新安江水不像熔铁入水般刚烈，她秉承了水性的阴柔、沉静，一缕缕、一团团，渐渐地漫成一片，时聚时散在江面上笼成一团白幔，披上一块轻纱。

这个时候，登上江边的龙舟，任龙舟信马由缰顺水漂流，在新安江的怀里轻轻荡悠。假如有二三知己，携七八碟可口小菜，启一二瓶有数百年历史的严东关致中和这种新安江特产酒，邀月同饮，就会暑气顿消，凉意横生。数酌之后，定能诗兴大发，或对酒当歌，或举杯诵诗，如此人间天堂的神仙生活，纵帝王相唤又何其舍得！唐朝诗人孟浩然的《宿建德江》佳句："移舟泊烟渚，日暮客愁新。野旷天低树，江清月近人。"除了一个愁字当换作悦外，最是恰切熨帖。远看，一叶扁舟出没烟霞水岚之中，若现若隐，几疑仙佛之流，逍遥于蓬莱三岛之间。

钟情于新安江泛舟畅游的古来有之，诗仙李白就留下了"……借问新安江，见底何如此？人行明镜中，鸟度屏风里"的千古佳句，还有伍子胥、朱买臣、谢灵运、范仲淹、陆游等纷至沓来，题诗作画，成一时之诵。近代如周恩来、朱德、董必武、陈毅等伟人也慕名而至，纷纷题词留念。可见，羡慕并沉湎于新安江美丽山水、人间仙境的大有人在。

暮色四合，两边高低错落的山峰，渐渐隐入浓重的墨彩之中，几疑水墨丹青中浓淡相宜的墨色墨块。江边花灯初放，一片璀璨，透过轻纱般的江雾，显得迷离奇幻，还添加了几分神秘，似真却幻，疑仙却凡。水如凝碧，龙舟的船头显得很小心地在大块翡翠上轻划一道白痕，身后却又复合如初，感觉龙舟浮在水的上面，穿越在薄绸一样柔软、飘忽的带状雾中，让人恍如坐在仙海浮槎，正遨游在蓬莱、瀛洲、方丈等三座海外仙山之间。

数年前，我到过湖南郴州有湘南明珠之称的东江湖，那里盛传一奇景，曰之雾漫小东江。传说运气好的话，可以见到东江湖下游的山岚水汽弥漫东江水面的奇景：一江蜿蜒东去，两岸青山夹江逶迤而出，江面笼罩淡淡的一阵薄雾，所有景物影影绰绰，出没雾中，若海市蜃楼，又似丹青再现，活色生香，见者无不叹为观止。

想起居住新安江两岸的人们，世世代代每天都生活在天造

地设的仙境仙景之中，比"湘南明珠"的偶尔得之，幸福又何止百倍千倍！当年，苏东坡先生吃到岭南的美味荔枝，仅仅作了一番舌尖上的享受之旅，就写下"不辞长作岭南人"的千古名句。假如苏老先生有幸身临新安江这人间仙境，一定会在杭州任太守时就挂冠而隐，买棹西进，溯钱塘江而上，荡舟新安江，不辞长做建德人了。

楠木林之晨

我是踩着早晨第一缕阳光的脚步，走进绿荷塘这片茂密的楠木林的。

阳光、空气给了楠木林生活的天空，阳光保证了楠木成长的养分。阳光温暖怡人，楠木林的所有楠木也很温暖。

我什么也给不了楠木林，晨光里的楠木林静悄悄的，似乎在长夜的甜睡中不愿醒来，是风，是鸟声啾啾，还有我这个不速之客，闯进了楠木林的宁静、幽美。

楠木林就像一个喜静的女子，一千五百多年来，这样娴静、柔顺地生活在这个幽静的山谷里，头顶蓝天，脚踩坚实而肥沃的土地，繁衍生息，枝繁叶茂，生机勃勃。所谓树欲静而风不止，这千余年的沧桑，期间也是或风或雨或人祸，不管是皇家禁谕还是乡规民约，楠木林淡然处之，任它云卷云舒，花开花落。

楠木人称木中金子，一向是皇侯将相、达官贵人的爱物。从古到今，受到那些权贵的垂青和宠爱，寻常百姓人家，很难得到一枝半叶。绿荷塘这一大片高大挺拔的楠木林，面积达六七百亩，据说是目前亚洲地区发现报道的最大的天然楠木林。整片楠木林有径达数尺、高约数十米的饱经沧桑的百年老树，显然是跨越几个世纪的老人了，也有仅可手握、高仅数米的小树，正如茁壮成长的年轻一代。在这个平平常常的江南山坞里，包含着红楠、刨花楠、华东楠，还有楠木中的金子——金丝楠等各种楠木品种，大小不一，间疏有致，安静地生息，快乐地生长着。徜徉其间，让我想起一些村落，几百年建村始祖起就聚居一起的村落，尊卑有序，同姓繁衍，几代同堂。这片楠木林也是这样，再看楠木林外的其他如杉槠枫柏等其他树木，同样枝繁叶茂，生机勃勃。这才明白，一大早起来想探窥一下生长这高贵树种楠木的环境，到底有什么神奇之处，此时已经了然。

走进楠木讲坛小坐片刻，看身边挺拔伟岸的楠木直耸云天，听风吹树叶婆娑起舞若人语喁喁，方悟这楠木虽是皇家官府的禁脔，它们的生活要求、生存环境并没有比其他树木要求苛刻，更没有苛求上天给予三千宠爱集一身的过分要求。楠木其实是平民中的贵族，它的骨子里流淌着的是树中贵族的血，这是它与生俱来的，它也不曾因为皇家官府特别眷顾而变得娇纵放肆，以贵族自诩，凌驾于它身边的其他树种物类。

想起前些日子听闻，蜀地挖出深埋地下几百万年的阴沉木，据说还是所有阴沉木中最珍贵最稀罕的金丝楠阴沉木。显见，这种树木中的平民贵族是拥有与生俱来的贵族风度和气韵

的，即使死了，也和活着一样，有尊严，有涅槃后的永生，依旧尊贵、辉煌。活着三千年不死，死了三千年不倒，倒了三千年不烂，这是大漠名树胡杨的写照，被誉为大漠精神。生是树中贵族，死就是木中至尊，这就是楠木给我们人类的答案，留给我们的一点启示。

平凡中生长，尊贵中永生，这是楠木的写照，这也应该是平民贵族的精神所在，这更应该是生长平民贵族的那片土地之灵魂所在吧！

勾勒遂昌的几种表情

汤显祖纪念馆的人文洗礼

汤显祖纪念馆的入口处以一种猝不及防的姿态，闯入了我们每一个人的视线。一条车水马龙的大街，两边都是高低错落洋溢着现代化商业气息的楼群，就这样，在两幢楼之间，一个歇山式的仿古门楼，有些显得不太协调的姿态，渊渟岳峙，巍然耸立着。我心想，东道主热情引领我们前来，难道这里有什么特别的景观，等着我们去赏游和领略。

一行人从门楼下鱼贯而入，浊黄的灯光下，一条数米宽显得非常逼仄的小巷，几十米处，又是一个临街的歇山式门楼，门楣上几个烫金大字"汤显祖纪念馆"，在灯光下幽幽闪着光。至此才明白，我们来到了遂昌的文化高地。

汤显祖，这位出生于江西抚州的才子，因不事权贵，先被发配粤地徐闻，后又调任遂昌，在遂昌的知县任上一干五年。五年里，他勤政爱民，办学化民，劝农为民，成为遂昌人民最受爱戴的人，后因不满矿税及不甘与权贵为伍，毅然挂冠返乡，在遂昌五年里积贮素材和酝酿创作后，回抚州老家就写下了名垂千古的"临川四梦"。即便在几百年后的今天，"临川四梦"这样的名篇佳句，依然是中国戏剧界一座无法逾越的大山。

离开遂昌后，这个当时叫平昌的浙西南小县，依然是汤显祖魂牵梦萦的一个情结，时常和遂昌的朋友书信来往。遂昌和抚州相隔千里，交通基本靠双脚长途跋涉，即便如此，感恩的

遂昌百姓经常专程去抚州看望汤显祖。在遂昌，百姓还给这位令人崇敬的汤知县汤公，建生祠以祀之。这样的待遇，在东汉已经设县的遂昌历史上，可以说是前无古人后无来者，足以想象汤显祖在遂昌人民心目中的地位和影响力。

纪念馆面积不大，先期的纪念馆加上后来从其他地方移建的陈家大院，扩建后也不过两千多平方米。可是你走完整个纪念馆，你发现这里完全是江南园林那种精致巧妙、鬼斧神工的杰作。

整个纪念馆就是一座江南民居的建筑样板。一般江南民居的营造模式，在这里就是最好的样式，雕梁画栋，精巧绝伦；小桥流水，曲径通幽；园中有园，别有洞天；砖雕木雕，浑然一体。整个古建筑完全按照古人那种自然与人文天人合一的理念，向我们展示明清两代江南民居的营造技艺和独特的审美观。

作为遂昌重要文脉传承的纪念馆，我们得以比较详尽地了解了汤显祖一生的坎坷经历，从少小求学到因为不愿意依附朝廷权贵，屡试不中，即便后来考中进士后，满腔爱国爱民的报国宏志，依旧得不到施展，以至于得罪权贵，一贬再贬，最终含恨弃官挂冠回家，做他的田舍翁去了。于汤显祖而言，正直为人，清廉为官，一生的宏愿最终付诸流水，是那个黑暗时代酿成了他的悲剧。于遂昌而言，汤显祖在任五年勤政廉洁、爱民如子的执政，是该县千余年来的幸运，也是上天对当时遂昌人民的特别眷顾。

纪念馆里另外一个重要内容，是对有着"东方的莎士比亚"美誉的汤显祖艺术生涯和成就的展示，如"临川四梦"的由来，尤其是《牡丹亭》的艺术成就和地位等。让我们对这位几百年前的临川才子，天生异秉的横溢才气，超凡脱俗的艺术造诣，顿时有了更深入的解读和高山仰止的崇敬感。

从东道主对汤显祖充满深情的介绍中，我们还知道在遂昌，不仅仅把汤公文化只是体现在这个纪念馆里。漫步遂昌城乡的大街小巷，就会感受到汤显祖对遂昌人民的影响，汤公路、汤显祖公园、汤公饭店，等等，还有遍及遂昌城乡的数不胜数的汤显祖故事传说，简直不胜枚举。

事实上他已经不需要东道主主动介绍，我们已经在纪念馆里看到传承和弘扬汤显祖文化的实例和成果，真切感受到了遂昌人民爱戴汤公、崇拜汤公那种发自内心深处的敬仰之情。

纪念馆里有个资料，详细介绍了遂昌因为汤显祖和莎士比亚故里结成了友好城市，双方已经进行几次交流活动。这个小小的纪念馆，成了汤显祖走出国门的跳板，他不再是遂昌的了，也不是中国的了，已经步入了世界艺术大师的行列。

刚刚步入纪念馆大门时，一阵婉转柔美、悠扬徐缓的昆曲传入耳膜，令人不由自主地闻声而去，方知纪念馆大厅有业余的昆曲爱好者在排练节目。我们都忍不住站在前厅门口，不愿离去。进去时几个年轻女子唱完下场，随即上来四个十来岁上下的女孩子，乐声响起，这几个女孩子一边齐声开唱，一边分别用手中的道具折扇，配合唱词，点戳挥甩，一板一眼，非常

整齐，一看就是下了不少功夫的。

时下各种传统文化式微，特别是地方戏曲后继乏人的窘况，已经引起许多有识之士的呼吁。昆曲是国内几百种传统戏曲中历史悠久的剧种，也是给京剧发展繁荣带来最大影响的戏曲。昆曲堪称戏曲中的阳春白雪，想象它的传承和发展，不由得不令人担心。眼前的遂昌已经从孩子抓起，重视昆曲的发扬光大，想来创作经典昆曲《牡丹亭》的汤显祖，泉下有知也一定会深感欣慰的。

神龙谷的折叠之美

一进入神龙谷景区的大门，我不由自主地放慢了脚步，轻轻抬起，缓缓放下，唯恐自己的贸然闯入，惊扰了眼前这个幽静山谷的沉寂和优雅。

冬日的阳光在神龙谷茂密繁盛的植被面前，显得苍白无力，透过树隙的阳光，在谷中的角角落落，漾成淡淡的光晕。触目之处，一片迷离，雾里看花，两者似乎有着异曲同工的效果。

耳膜里传来远处隐约的水声，或高或低的不知名的鸟鸣，时有时无的风声。除了这些天籁，还有替代春夏之际各种草本、木本植物拔节之声的，应该是若有若无的各种阔叶、针叶的坠落声，东飘一枚，西荡一叶，声音大多时候轻柔的可以忽略不计。数尺之宽的山道上，触目金黄赭黄的落叶，铺得严严实实，抬脚感觉无处再落，一切分明为了诠释冬天这个季节。

春季的神龙谷是那样的浓烈和勃发，万物萌发生长，一切欣欣然，树木森郁，百草丰茂，杜鹃如火，哪怕只是路旁尺许上下的纤细小草，水边苍绿一片的苔藓，都会各自使尽浑身解数，露出些许绿茸，匀得几分春色。

如果说春天的神龙谷，就像一个青春焕发、魅力四射的少女，冬季的神龙谷，已经成了一个素面朝天的半老徐娘。没有花的粉饰，也没有果的装扮，她不事妆饰，敞开胸怀，接纳每一个走进神龙谷的不速之客。不管士绅商贾，还是鸿儒白丁，一概不卑不亢，淡然处之，安然待之，让每一个来客都有或多或少的收获，欣然而来，陶然而归。

感于东道主的热情和周到，此番造访神龙谷由上而下，屈曲如龙、斗折蛇形的下山石磴道，时隐时现的山涧清流，顺着我们下山的盘山小路，一路盘旋腾跃而下。清澈的涧水，时而出现在巨石之间，欢跳喧哗，时而探首古木之隙，悄然淌流，穿梭于郁黛的古树草木之中，徜徉于乱石叠嶂的山谷之间，几疑每个人不再是移步换景交相辉映的外来客，不知何时，早已成为神龙谷中幽静雅致景色中有机组成的一部分。

幽深的山谷里，渐走渐远，光线益见明亮，水声更加响亮，方知最能代表神龙谷景观折成三截的瀑布，就在脚下了。岩势太陡，只能继续顺绝壁栈道慢慢降下，身后是壁立百寻，身旁是白练千尺，其时其境，每一个游客都已融为景观，成为别人眼里的风景。

到得岩下，仰观虚空飞腾而来的一泓碧水，凌虚直下，在

不远处的平坦崖壁上，舒展成一匹白练，壮观有之，气势足之，宛如神龙出水，直冲九霄云天，令人叹为观止。

继续向下，又是绝壁栈道，壁立百寻，第二折瀑布同样的凌虚而下，溅珠喷玉，气势万千，造化之神力，非人力之可及，只教人觉得匪夷所思。

落差超过百米的第三折瀑布，因其所挂岩壁太过陡峻，或许是景区觉得不想去破坏瀑布、壁崖的整体感，没有可登临的栈道近距离观赏瀑布。一条蜿蜒于山腰的栈道，若从云间蜿蜒，从绝壁、绿树、碧草之间穿梭远去。中途突遇一亭，赫然"观景"意蕴。入亭，回首，方知缘由，此地可以远眺神龙三瀑的全景。远观，若一条数百米长的巨龙，腾跃挪移在斗折屈曲的山谷里，洁白的龙身，时隐时现，正印证神龙见首不见尾的说法。

据说，三段瀑布加起来长度接近三百米，假如连成一条，那该有多壮观和气势万千，顿时令我想起一个关于神龙谷瀑布的传说来。

相传深受遂昌人民爱戴的明代文学家汤显祖任职遂昌县令时，清正廉洁，爱民如子，劝农办学，为百姓做了许多好事、实事。汤公到任不久，听说遂昌南乡一带已经大半年没有下过一滴雨，这对本来就靠天吃饭的山民来说，这样的大旱之年要想活命，只能逃奔他乡。汤显祖得悉后，就不顾山高林密，亲自来到南乡，察看旱情，和山民一起查勘水源，效果不佳。汤显祖食不甘寝不安，一天晚上，他在翻看以前留下来的山势水脉资料时，劳累中不知不觉睡着了，朦朦胧胧中，看见一个仙风道骨的白胡子老人来到面前，告诉他这次大旱是因为天上有条神龙犯了天条，被罚在南乡一个神秘山谷的深潭里面壁思过三日。俗话说天上一日地下一年，要想旱情解除，还得等这条天龙三年处罚满了才行。汤显祖醒来后，就向当地山民打听这个神秘山谷在何处？山民说有个山谷方圆数十里没有村子，山高林密，人迹罕至，平常没有人会去那里。汤显祖一听，这就对了，不是深山冷坞，怎么可能会有这种奇事。

次日，汤显祖带上几个随从，备齐祭品，请山民带路，一路披荆斩棘，历尽千难万险，终于找到了山民所说的神秘山谷。只间壁崖千寻，一道巨瀑仿佛从天空中直挂而下，大有飞流直下三千尺的宏伟气势。瀑布下一泓清流，深不可测，隐隐有寒气沁出，确有"积水成渊，蛟龙生焉"之状。于是，汤显祖令随从摆好祭品，向上天和受罚的天龙陈述了周边百姓受旱的惨状，并希望上天体恤下情，早降甘霖，免得百姓流离失所，远奔他乡，早日结束对潭中天龙的处罚，让当地百姓安居乐业。

天上玉帝听了汤显祖的求雨和陈情文书后，觉得处罚天龙连累百姓也有所不妥，就收回成命，让天龙提前结束面壁，重返天庭。天龙一听可以结束处罚，非常感谢汤显祖，腾空上天之际，向着汤显祖离去方向，重重磕了三个头，以示谢恩。不料在激动磕头之际，龙尾挥动处，击破壁立千寻的山崖，顿时，一条贯天瀑布断成三截，这也是我们今天看到的神龙瀑折

19

成三截的现状，这个深谷从此也被人称为神龙谷。

再回首视线远处的神龙谷以及折成三截的神龙三瀑，暗里思忖，假如整个山谷除了树木森郁，加上一条如匹练悬挂岩壁的瀑布，不就显得太过单调，景致也会觉得过于单薄，更遑谈深入谷中探奇访幽，品读曲径通幽的优雅，分享柳暗花明的欣喜。仅仅瀑布，那种跌宕起伏，时隐时现，显示神秘莫测、变幻无穷的神龙雄姿，亦是无从谈起。

好看的山水自然风光，应该是曲折有致，高低起伏，唯如此，才能赏心悦目，心旷神怡。远眺神龙谷，感觉此行不虚，或许就在于走过神龙谷时的所见、所感、所悟、所思，全部蕴涵在这番高低曲折环绕、迂回盘旋升降之中。

南尖岩的奇崛之胜

南尖岩景区是以一种非常独特的方式展示到每一个到访者的面前的。

进入景区大门，几分钟后，可以站在一个四面凌空俯瞰景区饱览景点的观景台。南尖岩以云海、梯田、竹海等景致名扬八方，站在这个用特制玻璃为墙为底的观景台，基本可以一览无余。透过玻璃，脚下壁崖千尺，令人摄魂噬魄，胆小者不敢涉足。极目四望，远处高山梯田如一幅舒张的丹青，花一样绽放在大地之上，层层叠加的梯田，绵延数百亩，错落有致，气势壮观。据说这些梯田一年两熟庄稼，春天油菜秋天稻子，想象春天油菜花盛开之际，一片金黄海岸，不知会牵动多少人的情思。左为连绵数里的叠翠竹浪，右为腾龙游蛇一样出没绿树翠竹间的盘山公路。

观景台下一道数尺宽的石阶，伸入绿荫深处，这是走向景区纵深的唯一通道。逐级而下，很快可以看到一线天的神奇，两山之间，豁然中开，留有一隙可仰望天宇。其实退后一点换个角度，可以看见这条中缝透出的白光，俨然一道如刚出鞘的宝剑亮光，白晃闪亮，说是剑光峡似乎更为恰切。

自此之后，恰如一篇文章，完成了铺垫，开始进入正文的铺陈和叙述。石阶变成欲断还续，更多的是环绕在陡峭崖壁的栈道，如珠链一样上下高低屈曲盘旋在如削的危岩之上。远近高低各不同，无限风光在其中，岩上岩下的各种奇观美景，也就随着栈道的延伸，次第如花一样陆续展现出来。神龟下山、仙猴扮酷、情侣执手，等等，一路纷至沓来，令人目不暇接。更有两处壁立近乎直角的台阶，从上往下，令人目眩，脚伸处无不战战兢兢。用一位游伴的话说，好不容易挪下了这些石阶，用手扪住不曾平静下来的胸口，回首看去，仿佛自己那颗未曾归位的心，还在那些石阶上，"骨碌碌"地一级级往下滚呢！

平铺直叙，容易带来阅读的疲劳，穿插一些精彩的细节，让这些看似不起眼的情节，迅速起到转换视角荡涤胸中郁闷的作用。于是，一律几百年前的古槠林，一眼看不到头的大竹海，在脚下的栈道前面，接踵而至。九级瀑布从天而下，在你身前打个招呼，又朝山下欢跳而去。南尖岩的环山栈道，就是

这样匠心独具，巧妙地把景观的精髓，串成一线，峰奇石峻，岩危崖陡，远眺近观，尽收眼底。即便在返程的上山途中，如枪似戟的竹林中间，点缀了悬索桥、竹亭等景观，平淡之中凸显起伏，令人难忘。

站在南尖岩景区的出口，回过头去，细数走过的路线和看到的景观，除了深深为大自然的造化之力折服，也为景区游览路线的经典设计叹为观止。整个景区，就像一篇倒金字塔式的新闻作品。站在观景台上统揽大部分景观，正是告诉了核心的事实，直击内心，接下去就展开新闻事实更为具体详尽的内容，其间茂林修竹，奇峰异石，还有巉岩林立，流水潺潺，远眺山里人家屋舍俨然，高山梯田层层叠叠，一线天缝如宝剑出鞘，等等，或移步换景，或曲径通幽，或层层深入，来补充、阐释、回应开头导语中点到的核心景观。

躬耕书院的归真

听说素有"九山半水半分田"的遂昌境内，有一个至今不通陆路、仅靠轮渡出入的山村，我的心里就充满好奇，这种在海边存在的境况，会以一种什么样的状态出现在我们眼中。

还有，这个不通陆路的叫黄泥岭的山村，有一个叫躬耕书院的神秘所在，说是一个杭州老板投巨资兴建的，他延请名师在书院里教授村里孩子诵读国学经典，雇村里人用最原始的方法种植庄稼……云云。

我们每一个人心里的好奇性，都被这两则说法，撩拨得痒痒的，恨不得每个人拥有铁掌水上漂的高深武功，越过湖山水库碧绿清澈的水面，去黄泥岭村、躬耕书院看个究竟。

搭乘快艇到了黄泥岭村，恰逢一阵急雨骤停，正在修筑扩建的简易码头，地上一片泥泞，沾脚处都是黄色的胶泥，黄泥岭这个村名倒也名副其实。抬眼望去，大多是泥墙黛瓦，偶尔有几幢水泥钢筋结构的建筑，老房子、新房子，按照户主自己的喜好修建，使得整个村落不洋不土，显得不伦不类的搭配着，感觉有些失望。江浙一带，不管哪里，这样的村落组合，可以说比比皆是，说不出来心里一种什么滋味。

躬耕书院在村子尽头，远远的，一位身材颀长、面容清秀的年轻人，已经在门口等候我们。这位姓杨的年轻人，是书院的接待和教务。进入有点仿古门楼的大门，一座简易栈桥架在茂密的竹林之中，透过竹林的间隙，右边可以眺望林外的村落，左边花木扶疏，隐约看见远处的翘檐。环境清静幽雅，走在这样别致的过道上，心里莫名的喜欢起来。

步上几级台阶，就是前厅，迎面一尊儒家先圣孔子的立像，正上方一块巨匾，"归真"两个字特别醒目深刻。转过立像后面，彻底看清了书院的主要建筑，是一处仿照古民居结构建筑的四合院。左右两厢分别是琴房棋室，中间一池碧水，池后又是明显高于前厅的主建筑，也是书院的教室。杨先生站在教室前面的石阶上，给我们作了详细的介绍。

整个书院不大，建筑不多，讲究不小。整个建筑有一条中轴线，中轴线刚好把前厅和教室中分，池水刚好取半亩方池之

意，又暗喻方砚一块。琴房棋室和边上的藏书室、创作室等组成琴棋书画文房四宝。教室前的空地一边栽着梅兰竹菊四君子，另一边种了松竹梅苏寒三友，还有金桂、玉兰，暗含金玉满堂。整个书院建筑前对远处的笔架山，背倚黄泥岭村后的来龙山，左白象右玄武，一左一右拱卫守护着整个书院。目前书院有三个教授国学的班级，一个是针对黄泥岭村的孩子，一个是黄泥岭村所在的湖山乡范围内，挑选出来的一个国学班，这两个班都在周六开课。另一个是湖山乡范围选拔出来的音乐苗子，由书院聘请的一位作曲家，每周去湖山乡校授课。三个班都是免费的公益教授，旨在为传承和发扬国学，从下一代抓起，开办几年来，反响很好。

原以为书院参观可以画上句号，不料杨先生带着我们走出了书院后门，书院后粗看就是一个江浙到处可以看到的山谷，浅浅的。水稻已经收割，留下哨兵一样整齐立在田里的稻草把子。油菜一片葱绿，青菜等一样长得正欢，只有星散的一些果树，泛黄的树叶，昭示冬天的消息。一塘残荷，让人不由自主想起盛夏满池碧荷摇曳的诗情画意。

杨先生告诉我们，躬耕书院的中心词"耕"就在我们的眼前。我们视线所及的整个山谷，都是书院租下来的，书院雇用村里的住户，完全采用最原始的种植方法，按现在时尚的说法，这片土地上所有的农作物，从种子萌芽、破土生长、开花扬穗到结果收获，都是用最传统、最生态的方式，不沾一点化肥农药。杨先生说，从保留传统种植方式，到培养下一代的国学启蒙教育，一切都在选取我们泱泱中华传统文化的精粹，让它发扬光大，后继有人，这也就是书院进门前厅看到的"归真"两字之精髓所在。至此，我也明白躬耕书院这个乌托邦式现代书院加农庄的建立，其实是创办人一种生活方式的实践，一种别样人生的抉择。

一个近乎闭塞的落后山村，一处利用现代设施坚守传统文化的阵地，两者看上去并不协调，就这样，在遂昌一个叫黄泥岭的小山村相辅相成、和睦相处，成了一道别致的风景线。

长濂村的穿越

从黄泥岭村的躬耕书院到长濂村的鞍山书院，顿时觉得有一种时空交换的穿越感觉。躬耕书院大多是水泥钢筋的仿古建筑，充满现代建筑的匠气，鞍山书院是一幢明代的木结构建筑，古色古香，一脚踏进大门，仿佛走进一种历史的纵深和悠远。

公元 1587 年，因功累升的长濂村人郑秉厚死于淮次任上，一代名臣只剩下清名留存故里。又过六年，才华横溢又为官清正的汤显祖调任遂昌任一县之官。果然，经过汤公数年的勤政爱民，苦心经营，遂昌上下政通人和，百姓安居乐业，名扬四方。于是，县内外仁人志士、文人墨客纷纷奔赴遂昌，如明文学家屠隆多次远道跋涉到遂昌，和汤显祖诗酒唱和，留下不少精美诗文篇章。遂昌人叶澳堪称学富五车，著作甚丰，也与汤显祖交往甚密，一起寄情山水，诗文唱和，堪称莫逆之交。

　　同时期的慈溪读书人杨守勤，应该是又一个慕名前来遂昌的士子，可惜他来时，汤显祖已经弃官返乡。正当他失望之际，听说离城十余里路的长濂村有个叫郑秉厚的人，为人正直，为官清廉，德泽一方，享誉乡里，人虽仙逝，故里留下了许多他的遗存。杨守勤就临时决定去长濂村走走，去感受一下这位当地百姓口口相传的好官的故里风情。就这样，一代名士就和鞍山书院这个偏僻山乡的村塾结下了不解之缘，留下了一段流传几百年不衰的佳话。

　　杨守勤来到长濂村时，看到这个山村确实与众不同。村子四周群山环伺，濂溪水潺潺西去，村口古木森郁，一片浓荫，把个村子掩藏其中，身在村外，几乎看不见浓荫深处的古村落。

　　正当杨守勤陶醉于村前美景之际，一阵琅琅的读书声，从树荫深处传出来。闻声而去，找到了坐落在村右侧山脚下的村塾——鞍山书院。看见这座古色古香的院落，杨守勤心里一阵莫名的喜欢，忍不住抬脚走进书院。一个小巧精致的四合院，前厅是先圣孔子像，学童清脆的读书声从后进院子里传来。杨守勤恍如回到了家，回到了家乡自己执教过的学堂。他信步来到后进的教室，看到一群稚气未脱的孩童正在认真读书，对他这个不速之客恍如不见。

　　看到书院来了客人，任教的先生和村里执事的闻声而来，一看客人还在学生的作业上进行了批改，交谈后，感觉来客谈吐风雅，出口成章，就知来者也是个饱学秀士，有道高人，不是那些浪得虚名的无名之辈，就执意挽留他住下，在书院里传道授业。杨守勤一方面爱上了长濂村的清幽环境和村里的盛情，另一方面也觉得这或许是冥冥中的一种缘分，就留下来当上了鞍山书院的老师。

"碧小浮新沼，儿童芥作舟。有帆常不卷，无棹任漂流。去去沙为梗，行行石又留。遥知蔽日舰，须向尾闾游。"这首《题池上小舟》就是杨守勤在书院执教时写下的。明万历二十九年（公元 1601），杨守勤从长濂村赴京赶考，一举考中了状元。从此，名不见经传的鞍山书院一时名扬天下，连长濂村也顿时拥有了状元村的美誉。

事隔几百年后的今天，当我们站在鞍山书院的外面，眺望树荫深处翘檐高耸的书院，心里依然感慨万分。村前一道土坡，俨然天然屏障，坡上两棵古枫直耸云天，众多樟、槠等常绿乔木拱守如幕，林外几乎看不见整个村落。书院门前杂花生树，一片绿荫，左右两山夹峙，俨然大山环成一个坚实的臂弯，把鞍山书院这个小小的院落，揽进自己的怀里。如此天成地设的绝妙佳境，培养出杨守勤状元这样的人才，也就不足为奇了。感叹这个明代的古书院，几百年来，使得遂昌的东部一带，大多名士仁人均出于此，成为长濂村的文脉所在，实在是得天独厚地占据了一处好风水。

长濂村除了鞍山书院，还有郑秉厚府第、郑氏宗祠、赤山庙、长濂八景以及明清古建筑群等多处人文景观。时间关系，没能继续畅游，只好留下了这一份美好的遗憾，期待再一次相约仙县遂昌，做一次长濂村的座上宾。

这个夏天，到岱山听海

这个夏天，到岱山听海。岱山在水之遥远、云之天际，一直诱惑着我，如梦似幻，似仙又真。

对于岱山，确切地说，是对大海的向往，我不敢说与生俱来，实际上也差不离。从一岁断奶在爷爷奶奶身边，每天听得最多的就是他们老辈人吃的苦，比如奶奶去邻县诸暨挑石灰赚工分，爷爷去几百里外的海宁挑盐赚钱……很小的我，就在心里纳闷，为什么蓝蓝的海水里会有洁白的盐呢？再加上自己从小到大，生活在群山怀抱的浙中山区，遥远的大海，蔚蓝的海水，翱翔的海鸥，当然还有那么多在海里捕鱼捉蟹以此为生的渔民，一切的一切，就像远方天际边挂着一串串让我馋涎欲滴的果子，时时诱惑着我，去和大海做一次近距离的亲密接触，去了却这几十年的夙愿。

不过，期待与岱山的愉悦之约，在近几年益发显得迫切和魂牵梦绕了。随着我的年岁渐长，得悉岱山有我国最大的晒盐场，尤其建了中国海盐博物馆，只要进了博物馆，不仅可以亲身经历甚至操作晒盐的全过程，还能够从盐雕作品中了解盐民的劳动、生活，可以了解制盐过程中"煎煮、板晒、滩晒"等工艺的文字、图片、实物。一直以来，盐就如我们生活必需的空气、水分一样不可或缺，从爷爷挑盐到能够进一步了解制盐的整个过程，这些无疑成为我向往岱山的一个极佳理由。

近年，有幸认识几位岱山的文友，在文友的介绍和文章中，才明白此前自己对岱山的认识，不过仅仅停留在岱山这个地名的最肤浅认识上。换句话说，岱山这本厚重的大书，我不过粗略地看了一眼素雅封面上"岱山"这个书名而已。岱山，这本精致大书，一定要慎重翻开书页，用我的双眼以及我的虔诚之心，才能真正读懂她的精彩内容，才能完成我多年以来的身心愉悦之旅。

岱山，因为当年徐福寻仙访道到此而自此一直称为海上蓬莱，千百年来，不仅仅成为旅游者的首选，还有如苏东坡、罗隐等文人墨客至此流连忘返，留下诗词歌赋，成为世代佳话。除了海岛惯有的岛海相连，水天一色，仙雾缭绕，风景如画，更有海水、沙滩、礁石、海鲜、渔火构成天然的美丽画卷。岱山还有许多独特的名胜景观，是独此一家别无分号的天下一招鲜，或许那些才是真正成为海上蓬莱最引人入胜而独具魅力的"武林秘籍"。

在文友的口口相传和锦文妙诗等佳句中，得悉除了中国海盐博物馆，岱山还有中国灯塔博物馆、中国台风博物馆、中国海防博物馆、中国岛礁博物馆等。不去说那么多博物馆里具体的内容，就是这众多名字我也是第一次听到，这种情况给人的向往和诱惑实在是非同寻常的。

灯塔是水上人们夜航回家的路，据说岱山的灯塔博物馆不仅集中世界各地最著名的那些精美绝伦的灯塔，更重要的是岱山人还是舟山灯塔工匠人数最多的，这样的展示，无疑还展现了有四千多年居住史的岱山人，身上所体现出来的勤劳勇敢和

聪明才智。

　　不仅是海边人家，一般人都知道台风每年都会光顾沿海一带，有时候台风还会给我们的生活和工作带来许多不便和巨大损失。居住在离开海岸线远一点的人，一般都不知道台风是如何形成以及它的特点等。到了岱山的中国台风博物馆，不但台风知识、危害及抗台救灾、台风科研等可以通过图片、影片、实物一目了然，甚至可以亲身经历台风来临那种惊心动魄、令人魂飞魄散的大自然壮观景象。

　　东海是我国漫长海岸线的重要部分，岱山一带自然也是历朝抵御侵略者的主要门户，历史虽然成为记忆，可中国海防博物馆一定能够帮助每一个身临其境的人走进那段曾经的记忆。近现代的海防史，通过图片、实物，不仅可以见识到郑成功的战船、参加甲午海战定远舰、致远舰的模型等，还可以在触摸船灯、船钟等实物中，仿佛看到硝烟弥漫中先人为中华民族不甘为外夷奴役的不屈气节和铮铮铁骨。

　　还有岱山十景，如鹿栏晴沙、观音驾雾、竹屿怒涛、白峰积雪、鱼山蜃楼，等等。摩星山自然是必须到访的，这里是以佛教观音文化为主体，以徐福求仙为背景，同时巧妙结合山水奇景的一处宗教圣地，可以俯瞰岱山县城美景，更能眺望一览无余海天一色的无边奇景。

　　东沙古渔镇是难得一见的可以反映出岱山渔民生活的一个幽雅别致的小镇，这里不仅历史悠久，是秦朝徐福访仙寻不老药登陆的地方，还是整个舟山群岛中最著名的新石器时代文化遗址之一。这里的东沙渔港在清康熙年间已经成为后来的江苏、浙江、上海、福建等省市鱼汛期千舟集聚的良港。据载1971年的鱼汛期，东沙洋面上集聚了一万二千多艘船，渔民多达八万多人，足见东沙渔港的兴旺发达，市面繁荣。历史悠久的人文积淀，千年古镇的古朴民风，使得东沙成为迥异于江南小桥流水呈秀的古镇乌镇、南浔等，也不等同于雄关奇峰显胜的江山廿八都镇等，是一个具有独特渔家特色、海洋文化的古渔镇。正如徐福也好，秦始皇也罢，寻找不老药没有让他们长生不老，反倒是这些典故、轶事成为一个个不老的传说或史实，构成岱山与众不同的精彩纷呈的多元化文化，使得本来就博大精深的海洋文化，更加丰富多彩、色彩斑斓，从而也更显得撩人情思，让人流连忘返、乐不思归了。

这个夏天，到岱山听海，去完成一次神奇的探觅海洋景观之旅，去寻找一次有生以来能给人以刻骨铭心的记忆与大海亲密接触的邂逅，去享受一次经年已久、好梦成真恋爱般的甜蜜。

情人谷

这是一个看上去平凡无奇的山谷。

我说她平凡无奇自然只是代表我本人。我们每天的工作假如是选美，经年累月的，恐怕很难会有美女让眼睛为之一亮。我生长在群山绵延的山里，各种各样的山谷难以计数，大多像眼前的情人谷一样铺满各式绿色植物，熟悉得如我身边一起玩耍一起长大的童年伙伴。

如果说眼前的情人谷有些和我熟稔已久的山谷有所不同，就是她得天独厚的先决条件缘于新安江库区山林的封闭保护。当我站在情人谷口抬眼望谷时，触目葱茏，满谷郁黛，绿得人可以发晕。

新砌不久的石子小路蜿蜒向前，蛇行斗折，通向山谷深处，我们在这条输送带一般的小路上缓缓而行。山谷深处会有什么呢？对于长期穿梭于钢筋混凝土结构组合而成的城市楼群积木之间的朋友，看到山谷里平日难得一见的这片浓绿，仿佛是渴了很久的鱼儿突然接触到可以维持和勃发生命机能的氧气一样，顿时在这情人谷里摇头晃脑生动鲜活起来。对于如我这样久居山乡对于这般绿色早已司空见惯了的人，心里仅剩下一份企盼：远道而来，总得出现一些起伏或意外吧！总不成让人空手而归啊！

顺着山势修筑的谷底小道，因为山势地形，宛如一道水流时而湍急时而舒缓，忽而积流成潭，忽而顺势而瀑。情人谷的山道渐入山谷深处，这些或潭或瀑，就是沿途陆续遇上的让人为之心里一动或一转的景观。

爱神广场是一个用鹅卵石砌成的心字形小广场，广场中心立着雕塑，爱神丘比特正执箭欲掷向远处岩壁上一个大大的红色"情"字，其义就是"一见（箭）钟（掷中）情"。接着，"月老祠"、"爱情诗廊"，等等，或在谷底平地，或在绿荫深处柳暗花明，让平凡无奇的山谷时不时带给人一次次新的视觉冲击，一份新的心灵感想。尽管这一切都是人为的刻意的，事实上，有时候一些恰到好处的人为装饰、刻意描摹，会出现画龙点睛的妙处和曲径通幽的神奇。我不说别的，在情人谷，我是实实在在地体会到了这些景观的神妙。

走到谷地小憩，方知情人谷原名铜官峡，山顶还有古铜宫殿、珍珠瀑布等景观。古铜宫殿修筑在非常陡峭的壁岩之间，透过树隙，远远望去，巍峨宫殿隐约出没于云雾弥漫之中，俨然空中楼阁。经过一段几乎直立着盘旋而上的台阶，或者说经历了一段比较艰辛的跋涉，才能穿越古铜宫殿来到山巅的观景亭。沐着清新的山风，眼前依旧是树木森郁，极目葱黛。只是一为俯瞰，一为远望，这就是和先前在谷口观赏到的景致略有不同。

从亭后山道蜿蜒而下，很快听到铮铮淙淙的水流声，绿树环合之中遥闻水声，自然有一种空谷传音的神妙。很快就是情人谷中享有盛名的珍珠瀑布了，抬头一泓清流色呈雪白从悬崖上凌虚而下，中间一石突兀，白练中分为二，顺石势铺陈，坡

势稍缓，到得我们跟前，居然披沥而下，与其说似细链，倒不如说更像珠串，想来瀑曰珍珠由此而来。

沿水边石砌小道，顺水流走向而行，不久就已出谷。回望情人谷，一片葱茏，依旧郁黛。远望，也依旧是平常得不能再平常的江浙一带的寻常山谷。幸好在这触目绿意葱茏的植物之中，总是出现别具匠心却又恰到好处的各种景观，让每一个游览者在信马由缰的放松中，时不时地有一份小惊喜小意外静静地守候在路边，冷不防给你带来意外之喜。

徜徉在情人谷里，说的想的自然离不开"情"之一字。返回谷口，在回首深谷的瞬间，我有一种豁然开朗的感觉。爱情如此，人生何尝不是如此，看去平平常常，但在整个"旅途"之中时不时出现起伏、插曲，就把平淡无奇巧妙地掩饰过去了。其实，爱情也好，人生亦然，不必天崩地裂如战争史诗那样壮怀激烈，那是一种带有破坏性的毁灭，或者说，那是可以烧掉一切的无妄大火。小桥流水，田园牧歌，平平淡淡才是真。当然也不是清水见底的一目了然，或者说一潭死水永远看不到微波尺澜泛起。

情人谷平常之中蕴含意外、惊喜，平淡之中彰显神妙、奇异，爱情如是，人生亦如是，这或许可以说是我在游历新安江情人谷的悟道吧！

千年仙霞关 风流总被雨打风吹去

坐落在浙江江山的仙霞关，和四川剑门关、山西雁门关和河南函谷关，一起名列中国四大名关，地处浙闽赣三省交界，山高林密，关雄峡险，素称"东南锁钥，八闽咽喉"，为历代兵家必争之地。

仙霞关位于仙霞岭上，距离江山县城42公里，史有"全浙咽喉"、"东南天险"、"操节闽之关键，巩两浙之藩篱"之称。康熙皇帝曾赐有"俯奠南天"、"灵扬岭峤"两块匾额。《读史方舆纪要》称："仙霞隘处仅容一马，至关，岭益陡峻。拾级而升，驾阁凌虚，登临奇旷，蹊径回曲，步步皆险，函关、剑阁，仿佛可拟，诚天设之雄关也。"

军事要道 多少风云烟雨中

公元878年，转战南北的唐末农民起义将领黄巢率部来到江山，打算挥师福建，直下两广，无奈山高岭峻，道路不通，于是他决定先打通道路，再考虑进一步攻城略地，实现大业。前后化了两年时间，从浙江江山到福建建州（现建瓯），开通了总长七百里的古道。这条古道可以说几乎成了黄巢成就霸业的翅膀，他从仙霞关出发，挥师南下，一路所向披靡，连克福建、广西、广东，再挥师北上，把唐僖帝赶到四川，自己在长安建立大齐王朝。仙霞古道作为这七百里古道中至关重要的一段，就这样从唐朝出发，一直走了千余年，至今风采依旧，风貌不改。

仙霞关全长 10 公里，北面地处江山保安乡，关口的不远处就是民国闻人戴笠的故里。至今戴笠故居以及他生前设在故居的暗道密室、地下电台等保持原貌，可以作为登临仙霞关之前的"佐餐"之旅。整条古道宽 2 米，在当时，2 米宽的路面应该是连马队也是畅通无阻的。10 公里古道中最核心的路段，也就是连接五道关门的道路，都是用麻石铺就垒砌而成。清沈德潜谓：仙霞关为闽越扼要界，高二十里，为级三百六十，曲二十二。

仙霞关的每一道关门，东西和高山相连，南北只有狭路相通，也就是只有过关门才是唯一的"华山一条道"，没有其他道路可以绕过。除了已经坍塌的第五关，其余四关至今依然是雄关威峙，关与关之间只有一条麻石铺砌的石子路相连。诚如清诗人周亮工诗咏："万马入关悲九塞，一丝过岭重三吴"。

仙霞关的第一关最为雄伟，全部用条石建成，设有双重大门，门为拱券顶。关墙厚 3 米余，高 5.5 米，长 60 米。关隘依峡谷山势而建，两边都是高山，一旦关门紧闭，真若"一夫当关万夫莫开"。最具特色的是前后两道关门之间还有一个四方形口子，可以方便在关上伏击攻破第一道关门的来敌。关墙上和长城一样建有墙洞，同样可以隐蔽自己伏击敌人。

仙霞关的主要景点大多在头关，有松风亭、双宝树、浣霞池、天雨庵（即关帝庙遗址）、冲天苑暨仙霞岭史料陈列馆、黄巢石像及沙孟海题刻《菊花诗》碑等。关上有三块石碑，一是宋代砌路碑记，一为天雨庵塔石，上镌"天雨庵和尚之塔"；一块"东南锁钥"残碑，为1929年江山县县长陈鼎新所题。双宝树指的是两棵合抱的柳杉，直插云天，根深叶茂。其中一树的躯干中，长着一株毛竹，实为罕见，人们戏称其为"胸有成竹"。东北半山腰处，尚存清代建筑天雨庵附屋四间。关岭半腰及顶巅，各建一别致小亭。关岭两旁修竹蔽日，古木参天，山风习习，泉水淙淙。

第二关在距离第一关一公里左右的屈曲盘旋而升的山道上，这是一条宽约2米的麻石路，路险岭危，登临一千余级麻石砌就的石阶后，两道山峦之间，又是一座巍峨雄峙的关隘，横亘谷口。"二十八盘尤陡绝，路难直似摩苍穹"，清代江苏诗人张尚瑗的长诗《仙霞关》就是这样描摹从一关到二关的。第二关前面有六七十米开阔地，既陡又险，成为一道拒敌的天然屏障。二关有甘泉、霞岭亭、率性斋遗址，相传甘泉就是当年黄巢将士的饮马池，至今不涸。

第二关再向上走百来级石蹬步，路程约一公里，就是第三关，三关有古碉堡遗址。从第三关开始，古道就顺山势盘绕而下，紧接着就是第四关、第五关。只是岁月沧桑，第五关早已坍塌在时间的漫漫历史长河之中，再无觅处了。

仙霞关由于地处鸡鸣闻三省的交通要塞，自黄巢起义军而后，战争的烽火一直延续到抗日战争、解放战争。明有叶宗留领导的农民起义，闽、浙矿徒和烧窑农民的起义，清有以杨管应为首的饥民起义，光绪年间有刘家福领导的九牧起义，太平

天国名将石达开、侍王李世贤的部队也曾在此活动过。中国革命战争时期，仙霞岭上又留下过共产党红军、游击队的足迹。1935 年至 1937 年间，工农红军挺进师在粟裕、刘英的领导下，建立了根据地，组织山区农民开展斗争。

抗战时期国民党四十九师将士凭借雄关优势，设伏阻击企图由此入闽的日寇。冒着日寇飞机钢炮的枪林弹雨，激战三昼夜，终使日寇伏尸千余败退，从此也绝了由仙霞关直下福建的念头。现在古道口有一座一米来宽的小石桥，桥头立着一块石碑，写有"落马桥"。据说就是当年日本鬼子侵略时，一队长指挥部队想从此往福建，但行至此桥，便突然落马。想必是古人有灵，仙霞有灵吧！

凭借仙霞关的天险雄绝、民国闻人戴笠还在抗日战争期间，觅得仙霞关第二关的一大块高岗地，建造了一幢别墅，取名"率性斋"，作为当年美国海军少将梅乐斯休憩之处所。仙霞关南边就是因为这千年古道而衍生的一个古镇，戴笠在镇上专门设立了谍报人员的训练基地，至今原址建筑犹在，只是早已物是人非，万千往事俱可以付之烟云了。

曾经的商贸如龙 诗情如虹

1100 多年前，黄巢挥戈南下，在浙、闽之间的崇山峻岭中开辟出了这条仙霞古道，从此关隘拱立，仙霞关成了历代兵家必争之地。除了最主要的军事功能，渐渐地，这条古道逐渐演变为商旅要道，特别是到了明清后期，溯钱塘江而上的船只装载着来自江、浙的布匹、日用百货到江山的清湖码头靠岸，然后转陆路，由挑夫肩头的扁担挑往闽、赣。从闽、赣来的土特产也要到清湖装船运往金衢沪杭各地。仙霞关成为必经之路，每天南来北往，熙熙攘攘，富足热闹了数百年之久。

由于仙霞关的护卫，加上周边还有枫岭关等，使得仙霞关南边一块临枫溪江有着驻关将士扎营的平地，宛若被兵营保卫着的福地。安居乐业是每个人的朴素理想和愿望，于是南来的、北往的客商，舍不得离去了，在兵营附近住下了，行商成了坐商，仙霞关周边的人也慕名纷至沓来，住下不走了，来客变成了土著，于是这个后来叫廿八都的古镇因为仙霞关的打通衍生了。现在这个只有一万多人口的小镇，有八九种方言、146个姓氏，这在全国也是独一无二的。

仙霞关往来商贾的繁荣，究竟热闹到什么地步，据关南的廿八都镇记载，"……打通三省交通后，这儿不但是军事要冲，从浙入闽，或从闽入浙，翻岭过关到达廿八都时正好一天，适应过往商旅的服务业遂兴旺起来。到清朝时全国长期统一，加上四面关隘相守，很少受战乱影响，商业繁荣发达，鼎盛时每天有千根扁担在运货。"一个由仙霞关衍生出来的小镇，每天有上千扁担在运货，而这些扁担应该大多数是从仙霞关上下来的吧！你想象一下，不计一千，就算500根扁担吧！一队挑夫从关上鱼贯而下，每个人的肩上横着一根四尺长的扁担，一前一后，首尾相接，加上彼此的间隔距离，这500根扁担连成一线，在蜿蜒曲折的仙霞关险峻山道上，几乎是可以接近千把米

的一条"长龙"，那该是何等壮观的场面！那样的壮观场景，几百年如一日，几乎每天都这样，可以想象仙霞关作为连接浙闽的商贸通道，是何等的兴旺闹猛，又是何等的重要。

"人从井底盘旋上，天向关门豁达开。"这是清著名诗人查慎行《度仙霞关题天雨庵壁》中的其中两句，这两句很恰切地写出了仙霞关的岭陡路险，也道出了上了仙霞岭后看到豁然开朗的无边景致。于仙霞关自唐以后到访的众多文人墨客留下的成百上千诗词佳构而言，这不过片鳞只甲而已。仙霞古道上经过的文人墨客，难以计数，主要有：唐代姚崇、张九龄、白居易，宋代王禹偁、梅尧臣、文彦博、欧阳修、蔡襄、赵抃、王安石、黄公度、陆游、杨万里、朱熹、辛弃疾、刘克庄、吕祖谦，元代方回、萨都剌，明代刘伯温、徐渭、徐霞客，清代李渔、周亮工、朱彝尊、洪升、查慎行、袁枚、林则徐等。如宋大儒朱熹就留下了一首《仙霞岭》："道出夷山乡思生，霞峰重叠面前迎。岭头云散丹梯耸，步到天衢眼更明。"因此，仙霞关这条千年古道，在宋朝就有"诗歌之路"的美誉，历数百年不衰。

自浙江江山到福建开通公路后，这条千年古道就失去了商贸要塞的作用，更多的功能成了访古探幽的胜地。近现代以来，社会名流、寻常百姓，络绎不绝，无论是谁，到了仙霞关，无一不被仙霞关这种"关塞极天险，风生万壑号"，"过岭诸峰小，盘空独鸟高"（清王家奋《仙霞关》）的奇崛雄浑景色深深折服。诚如近代著名作家郁达夫在《仙霞纪险》中写道：

"五步一转弯，三步一上岭，一面是流泉涡旋的深坑万丈，一面又是鸟飞不到的绝壁千寻。转一个弯，变一番景色；上一个岭，辟一个天地……"

从黄巢农民起义军为了南下福建专门开辟出来的一条军事要塞，经过 1100 年来无数次的战火洗礼，再到手提肩挑、人流如潮的商贸通道，又成为自宋而降的诗歌之路，最后成为如今游客们旅行、徒步、郊游的理想路线。仙霞关见证了历史的推进和社会的变迁，承载了随着时间流转的文化积淀。从人来人往川流不息，到花开花落寂寞无主的寥落现状，只能说是繁华落尽岁月静好。可是，当你安步当车在磨得发亮的石子路上，聆听着古树翠竹在山风中的簌簌作响，观摩着千余年来仙霞关留存下来的旧物和遗存，你会在一个个可歌可泣的历史故事里，沉醉不愿醒来。

杭州散记

走车过杭州

那天有事去杭州，坐在车上，车窗外纷至沓来的景致，恍如移动的视频，让我在匆匆车过杭州的同时，感受天堂杭州的美妙景色，回味千百年来文人墨客吟咏不已的古都风光。从另一个角度来说，一次走入唐诗宋词意境的体念，一次对世居天堂成为仙都客的杭州人的羡慕机会。

进城时从绕城高速留下出口下去，车行天目山路，刚好我坐在副驾驶座上，我的右边就是被称为杭州绿肺的西溪湿地。虽未能一进其内得以体验一把《非诚勿扰》里葛优那样的浪漫爱情，享受一下古往今来许多文人墨客亲身经历的西溪独特风光的视觉盛宴，但觉车行处马路视野开阔，两边各种花草树木品种繁多，错落有致，争奇斗妍，一片葳蕤。一辆辆南来北往的各式车辆，就像一艘艘劈波斩浪的舰船，在树木交织的绿色大海里，穿梭往来，动与静的结合，点与线的辉映，汇成一幅颇为壮观的画面，而我则欣欣然，恰在画中行。

中午前后，两次车过闻名中外的西湖边，"天下西湖三十六，惟杭州西湖最佳。"前人的评点，早把西湖胜景归入蓬瀛仙乡之类。多少人伫立西湖面前，如一个情窦初开的后生突然站在暗恋已久的梦中情人面前一样，惊慌无措，连手都不知放哪里好，更不知第一句话从何说起。面对梦里不知会几回的惊为天仙的她，眼前有景道不得，崔颢有诗题在前。除了痴痴地看，呆呆地望，傻傻地瞅，远看，早已站成一个木头人了！虽是盛夏，前两天的梅雨带给了一个难得的凉爽夏日，远山含黛，烟树迷岚；近水澄碧，莲高过人。微风轻拂，水波微澜；柳枝曼舞，翔鸟嘤咛；荷香阵阵，扑窗而进。高楼低屋，檐角偶露，几疑琼楼玉宇；画船彩舫，笙管遥闻，恍如瑶池仙槎。苏堤白堤，游人如潮，衣袂飘飘，花前树荫，情侣对对，相拥相偎，一个个直疑阆苑仙客。

一起去的同伴忍不住轻声吟诵起宋人杨万里的佳句："毕竟西湖六月中，风光不与四时同，接天莲叶无穷碧，映日荷花别样红"。我也忍不住应和："东南形胜，三吴都会，钱塘自古繁华。烟柳画桥，风帘翠幕，参差十万人家。……重湖叠巘清佳。有三秋桂子，十里荷花。羌管弄晴，菱歌泛夜，嬉嬉钓叟莲娃。……"吟毕，两人不禁相视而笑。

返程中车过杨公堤，又是一番别有天地的景色。杨公堤应该是连接西湖和里西湖、后西湖的一条景观带，这里古木参天，曲径通幽，车子穿行在一条由两边高大树木连织而成的绿色甬道之中，整条路上几乎浓荫蔽天，奇花异木，点缀其间，令人赏心悦目。一座座拱桥如虹，串联起整条杨公堤，如彩带腾跃起伏于西湖山水间。正如文喜曲折却厌平，景观亦然，所谓行到山穷水尽时，柳暗花明又一村，岂一个惊喜了得！绿荫间时不时地会有一条小通道，通道尽处，偶尔有粉墙露出一角，仿佛我们是走在中国画那种绿荫深处有人家意境的实景图里，佳境天成，恍如丹青神设，实让人叹为观止！

　　一直以来，我对杭州的感觉仅仅停留在省会城市和钢筋混凝土架构的建筑积木组合的层面，偶尔到杭州办事或路过杭州，杭州如同其他城市一样，高楼林立，人满为患，环境空气几乎令人窒息，可以说没有留下多少好印象，更不必说能够感同身受古往今来文人墨客诗词歌赋所抒写的诗意江南天堂美景。

　　几年前我车过杨公堤时，一下子就被眼前如诗如画的景色惊呆，浓得欲滴的绿色使人顿时忘却身在繁华都市，似乎正在游览一处远离尘嚣的森林公园。我坐在车内看着感觉意犹未尽，特意把车停在路边，下车赏游良久才恋恋不舍登车返家，一路浮想联翩，感觉总算有幸接触了一次天堂杭州的真正内涵。那一次心里有一个强烈的愿望：杭州真的是适宜居住的福地。几年后的今天，我重过杨公堤，发现不仅没有很多景点重游的厌倦感，移步换景，依然有一种古时候洞房花烛夜乍见新人惊艳的感觉。

　　滴水藏海，窥一斑而见全豹，仅仅走马观花过杭州，就可足见天堂杭州的无边美景应该是何等的诱人，何等的撩人情思！真想找个临湖的住处，做几天杭州人，安步当车，踏遍杭州的山山水水，饱览西湖的美景，才会觉得此生到过杭州游遍西湖，不枉做过几日天堂客了！

飞鸟掠过窗前的大剧院

　　与钱江新城的杭州大剧院，倏来忽去，如飞鸟掠过窗前的一次短暂之约，缘于小燕子的盛情。

得悉我到杭州，多年博友小燕子中午一下班，驾驶自己漂亮的座驾，穿越半个杭州来看我。临走，一张漂亮的演出券耀眼得如粉色的情笺之约，诱惑我在夜幕初降、华灯大放之际，扑向八月潮水如屋高的钱江边，那个被冠之以弯月环绕红日造型的杭州大剧院怀里。

夜色下，远远看见一个硕大无比金光四射的球状建筑物，我估摸着这就是日月同辉架构中的红日，它的南边一座同样华灯齐放的半球状建筑，不用说一定是杭州大剧院。走进，才知已步入剧院北翼的臂弯，几何板块组成的玻璃幕墙，线条亮丽，光线折射下的明丽、剔透和迷离，透出的唯有无比的富丽堂皇。

拨通电话，视线里很快出现了娉娉婷婷笑吟吟的博友小燕子。今晚剧院有两场演出，一场是话剧《榴莲》，我持票的是歌剧改编的越剧。今晚朋友刚好值班，她把我引入剧场后先去忙自己的了。

抬头见高轩敞亮的剧场，美轮美奂，脑子里出现的居然是刘姥姥进大观园的感觉，心里有几分感慨、几分感激。感慨的是，人到中年才第一次进省城的大剧院看演出；感激的是朋友素昧平生，第一次见面就一见如故，没有刻意做作，没有生涩矜持，仿佛很随意地请一个相识相交多年的老友观赏一场演出。

越剧是我多年来喜欢的剧种，小时候没有机会欣赏，后来有一段不短的时间，在老家农村里看的只有这一种扮相俊雅唱

腔优美的地方戏种。时间长了，徐天红老生的沧桑，高亢悠扬，戚雅仙旦角的凄美，如泣如诉，尹桂芳生角的洒脱，清醇悦耳……我一般都能分辨出来。演出表明是越剧，其实是选取革命题材中几场著名歌剧的女主角剧情加以重新创作、组合，中间用歌剧承转连接，虽有创新，总不免有些生涩，尤其是喜欢纯越剧的我，忍不住在朋友面前腹诽几句。不过剧场里先进的设施，尤其自始至终为在场观众耐心服务的那些谦恭有礼的服务员，让我的心里非常熨帖！

省城毕竟不同于小城镇、村野之地，现场数百位各种年龄、不同身份的观众，没有一点喧哗。在演出的过程中，不时响起一阵阵热烈的掌声，于我这个为稻粱谋而跻身喧嚣市井、徜徉于市肆街衢之间的粗人，分明有身入芝兰之室的感觉。

演出结束，朋友说先送我回住处，我透过车窗看见夜空中熠熠生辉、金光闪闪的"红日"，宛若一个巨蛋，心里忍不住祈祷这个巨蛋，能够时不时孵化出更多的艺术之雏，日夜绽放在身后这个让我匆匆而过的大剧院，翱翔于艺术的天宇下，散发出独具一格的七彩光芒，永远闪耀在无垠的苍穹之间。

延安路上

杭州的延安路就相当于北京的王府井、老上海的南京路，一向是高楼如林，行人如鲫，路两边都是大型商场和高档服饰店。逛街、购物对我一直是一厢情愿的诱惑，无论在哪里，对于这些让女子挪不动脚步的场所，我总是昂然而过，目不斜视的。

此次滞留杭城数日，住处离杭城最繁华地武林商圈不远，连自己都感觉意外，我从武林广场出发，穿越半条延安路，直到两腿略显沉重终至未达目的才返程。

头天傍晚报到后，晚饭后我"老毛病"发作，想去找家书店逛逛。这是我多年的老毛病了，每到一地，只要有时间，一定会去当地的书店转转，看看有没有关于当地人文历史地理方面的或自己喜欢的书籍，运气好说不定或许还会碰上自己寻觅很久不见的书。

酒店大门口问了人，说出门右转不远就是武林门，顺武林门前的延安路，不远就有一家书店。至此才知自己住在最繁华的武林广场边上，喜滋滋出门而去。

都市的夜不像乡村那样静谧，因为川流不息的各种车子，各种现代音响的嘈杂声响，特别是那些有明暗不等、强弱不均的各种光线、光斑、光束、光亮组成的夜空夜色夜景，都市的夜晚就是一个暧昧、迷离、躁动、芜杂的空间。我知道自己的定力不够，没有跳出三界外的勇气，只好低头在人流中匆匆穿梭而过。

问了好几个人，特别是年轻的，一般都说不知道，偶尔碰上个知道延安路上有书店的，居然貌似一个传说，只是耳闻，不知道坐落何处。心里真是莫名的沮丧，国外许多都市，书店就是一个标志，有几家规模大档次高的书店，就说明这个城市和居住的市民文明程度高。杭州是中外闻名的大都市，天堂的美名在我的心中真的打了折扣。

　　总算问到一个稍有点知情的朋友，说继续往前走，有一个过街天桥，过桥就是书店，不过书店名、路牌号什么的一概不知。我道谢后继续寻觅，一路灯光迷离，晃得我本来就怕强光的近视眼，特别的不适应。为了自己这点仅存的清高或者说附庸风雅，我继续用双脚丈量着天堂杭州延安路的繁华和芜杂。身旁的各种服饰品牌店是一家比一家的富有特色，彰显个性，进进出出的男人衣冠楚楚，一副成功人士的气派，女士穿戴相对休闲，却也俨然时尚一身，自然也更显出都市贵妇或摩登女郎的神态风韵。事实上这一切都和我无关，为了早点到达目的地，找到那家"传说中"的书店，我只能一边走一边拿双眼四处逡巡，寻找书店的招牌。可惜我找书店一直不能如愿，双眼里闯进的都是那些和我丝毫没有关系和原本不想光顾的风景。

　　"一直往前走，就会看到的。"

　　"不远，很快就到了。"

　　"是的，有一家书店，具体哪儿真记不起了。"

　　……

　　就这样，我走得双腿发软，书店依然在路人嘴里的前面。踮起脚向远处眺望，书店的招牌依然杳无踪影，我只好萌生退意，失望地返回住处。

　　次日，坐公交车过延安路，却在前一晚不远的地方，车窗外书店的招牌赫然在目。其实前一晚只要再向前走百十米路，街对面就是我要找的书店。有时候很多事都是这样，再坚持一下，自然功德圆满皆大欢喜了。

　　想想如今对于书店哪里都一样，就拿我栖居的小县城来说，朋友约会见面，总说在"XX商厦超市"或"XX广场"见面，对方立马就明白了。假如你说，我在"XX书店"，不用说对方不知道，人家心里或许已经给你打上"不合时宜"的招牌了。

琼台访仙

是我们的莽撞，抑或天台群仙的吝缘，当我们一行人站在天台山琼台仙谷的大门前，大雨以它一向以来毫不顾忌的势头，劈头盖脸地砸向我们。壁岩上数米高一个字的"琼台仙谷"四字，本来的大红色彩，被雨丝雾岚染成了暗红色，显然淡去了往日的神采。

景区开发倒是花了一点心思，进大门就是穿过百十米的山洞，虽不至于"初极狭，才通人……"，走在桔黄灯晕下的山洞，油然想起《桃花源记》的描述，这倒和我们此时此情颇有些吻合。只不过人家是无意闯入，我们是有意访仙，无心插柳柳成荫，我们有心栽花花能开不？就像洞壁的岩石，无声无音，这个问题谁也给不了答案。

出洞没看到平坦空旷的谷地，倒是一道巨坝拦在山谷，坝内的水面沿山势山形蜿蜒伸向山谷尽头，不知所踪。连续的大雨，库水带点俗意的黄，雨点密匝匝地打在水面，原本平静的水面水珠四溅，涟漪不断，变得有些焦躁、不安。坝中间刻意修建了仿古廊桥一样的廊亭。每一个到此的游客，可以站在这里看山看水看雾岚，也可以静静坐下观心观意观顿悟观通仙。库水的满溢，从坝中间溢洪道中突围而出，站在廊桥上脚下就是凌虚而下的飞瀑急流。由于溢洪道口的人工砌就，瀑布俨然是一匹硕大的布幔，顺溢口平铺而下。假如不是声响，蔚为壮观几字肯定在这巨大的水布幔前驻步。

　　站在坝前的桥廊内，看雨帘如织，严严实实地遮盖住廊亭外的空间，仅此就挡住了许多游客的脚步。浴新后山色倒是更显出了生气，不见了阳光下绿色的干涩和委顿，绿得生气勃勃，绿得活色生香，从树叶边缘嘀嗒而下的不是雨水，分明是树木身体里满溢出来的汁水。水库两岸错落有致的山峰，通透的鲜色让我们每一个游客忍不住想一步跨出去，把它像搂住心爱的人一样紧紧拥在怀里。远处山顶的雾岚，悄无声息地左一道右一道地开始包裹这些秀美的山。倒不像是仙人的吝啬，不愿意让我们这些远来的游客分享大自然的盛筵，我们更愿意相信是仙人们在挥舞手中的轻纱薄绢，故意让我们这些凡胎俗骨，近距离地感受到云雾遮掩、仙阁绰约的仙境妙处。

　　凡夫俗子终究难以抵挡仙界的诱惑，我们纷纷冲出桥廊，走进雨林，踩上水库边的山道，向着山谷深处进发。古人策杖登山寻仙，我们是冒雨访仙于天台琼台。不过百十米，一声响雷震在山谷上空，或许仙人也真的不太愿意接纳我们这些不速之客，也或者是仙人担心我们这些凡胎俗骨经不住寻仙访道的种种考验，故意用雷电交加、大雨如倾来婉转劝退我们。"行不得也，哥哥。"带队的终于下了决心，劝我们大家返回。

　　虽然云深不知处，毕竟大家知道仙人们只在此山中。我们也没有刘郎的幸运，我们总可以付出自己的一点心思，无缘得以结识仙人，在云深之处仙人停留过的地方觅点仙踪，听点仙语，也不枉天台山上访仙踪啊！

　　几个年轻的男女继续冒雨前行，我也不甘落后，继续跋涉

在访仙的途中。山谷渐深渐幽，也许为了和我们的干劲较劲，雨也益发打起了精神，只感觉手上的伞，被雨点击打的声音越来越响亮，脚下的石板路，需要趟水而过的路段越来越多。山谷里的雾岚也越来越浓重，脚下山谷底的水流也越来越湍急，渐入山谷深处，景色的层次也越来越丰富，越来越厚重。山色含黛，尤其山谷两边因大雨带来千姿百态的大小瀑布，有细涓如线，垂挂而下，舒缓如古筝琮琮，有山崩雷鸣般势不可挡奔腾而下的大自然发自内心的杰作，用鬼斧神工形容丝毫不为过。我们勇敢的十几个人，且行且看，景色益见壮美，心里也感觉离仙人越来越近，心绪也如雨意益见高涨。

山势渐显险峻，山雾流岚渐见浓重，走入其中，一种无形的神秘感开始漫洇全身上下，桃源古洞应犹在，今仿刘郎觅仙来。正当我们想入非非之时，外边电话急催，务必急速返队，如惊雷般再度震醒我们，望一眼云雾缭绕的山谷，收拢一下寻仙访道的无边思绪，只好恋恋不舍地折返归队。

天台有仙访不得，云深雾重不知处，搜索枯肠之余，苦吟两句作结。不过，连诗仙李白也直书"龙楼凤阙不肯住，飞腾直欲天台去"。我辈俗人，若有机缘，依旧会义无反顾直奔天台的。

七彩梁弄

红色梁弄，似乎已成为一个约定俗成的称谓。其实不然，当你一脚踏上这个位于浙东四明山区群山环抱之中的千年古镇，你会发现，你置身于一个七彩斑斓的世界中。七道耀目的光芒，交织成一个多彩多姿的梁弄，向世人展示她的奇迹，令人叹为观止。

七彩梁弄的主色调自然是红色，这道神奇的光芒从 20 世纪 40 年代初开始。中共浙东区委旧址、新四军浙东游击纵队司令部旧址、浙东行政公署旧址、新四军浙东游击纵队政治部旧址等十多处革命遗迹，见证了一个用热血和青春铸就信念理想的红色年代。走进相应的故址，看着被战火炙烤过的院墙，生了厚锈的歪把子机枪、来复枪，甚至千百年来从刀耕火烧开始的一些农具、生活器具，都在向我们诉说那场艰苦卓绝的战争。梁弄，一个近乎与世隔绝的山镇，被这把反侵略的正义之火，烧成了革命的熔炉。"第十九抗日根据地"，不是浪得虚名的，这里有延安抗大的浙东抗日军政干校，有平息市场危机、维稳金融的浙东银行，不论你走进哪个故址的院落，除了感动，你会感觉你的血一点点流得快起来，在悄悄地沸腾。你会不知不觉地发现，有一股火在无形地吞噬着你。这场民族正义之火，这场革命燎原之火，事隔七十余年的今天，任何一个有血性有正义感的人，踏上这块红色土地，感觉眼前依旧一片红色。

梁弄，弄堂屈曲，流水潺潺，粉墙青瓦，九十九条小巷条条都通，它就像陈年佳酿，须细细品味。据说最先有姓梁姓冯的两位祖先到此定居，取名梁冯，以后不知何故就变成梁弄了。一千多年的风雨，一千多年的沧桑，诗仙李白一袭长衫，腰悬长剑来了，他高声吟诵着自己的诗句，"四明三千里，朝起赤城霞……"穿行在磨得锃亮的石子巷道上。皮日休人未来，诗歌追着李白的诗句来唱和了，孟郊、贺知章追着李白的脚印来了。梁弄原本坐落在山峦重叠的四明山腹地，这个养在深闺人未识的小镇，在诗人的笔下，变得诗情画意了，变得鲜灵生动了。

九十九条小巷，荡响了诗人的吟诵，九十九条小巷，盛满了厚重的沧桑。一座藏书量仅次于宁波天一阁的民间藏书楼——五桂楼，始建于清嘉庆丁卯年（1807年），是梁弄人黄氏后代黄澄量专为藏书而修建的。古人把读书人最终的目标考取状元誉为蟾宫折桂，五桂楼显然是黄氏始建者寄予后人的希望和一种美好、善良的祝福。随后的百年动乱之中，江浙一带民间藏书楼多被焚毁，而五桂楼却能免于兵火之灾，大部分书籍收藏完整，除省图书馆调去六千余册外，现尚存古籍九千九百九十三册。除天一阁外，它是浙东地区保存到近现代的第二座私人藏书楼。这座当年曾有"藏书之富甲越中"、"浙东第二藏书楼"美称的五桂楼，显然为梁弄本来就拥有的历史内涵增加了许多厚度和深度。

逼仄的街巷，斑驳的院墙，沧桑的古树，触目是厚重的黑色。黑色是厚度和深度的结合，是千年梁弄这部装帧古朴的巨著封面，令人望之生畏。

前贤走人，后人又来了，追求真理，崇尚自由，总是有人前赴后继的。浙东韬奋书店，在民族存亡之际，昂然矗立于梁弄街头，这是当时中共浙东区委领导下专门从事出版发行工作的部门，这里先后建立了新闻电台、时事简讯社。后来随着根据地各项建设事业的发展，以铅印的《新浙东报》代替了油印的《时事简讯》，并在实行军事清剿、经济封锁的情况下，办起了印刷厂、造纸厂和发行部。……事隔七十年后的今天，韬奋书店仍然是梁弄古镇的一盏指路明灯，古色古香的仿古建筑，放射出橘黄色的柔和灯光，依然书香氤氲。

河姆渡文化的年代大约在公元前 4000 年到 5000 年之前，那里挖掘出来的人类早期生活的文化遗存，非常丰富。仅食物方面，植物遗存有水稻的大量发现，被断定是人工栽培的水稻，此外还有葫芦、橡子、菱角、枣子等。动物方面有羊、鹿、猴子、虎、熊等野生的，以及猪、狗、水牛等家养的牲畜，显然，我们的先人在取得食物和享受美食方面，早已有了丰富的积淀。梁弄、河姆渡都是坐落在浙东余姚这块神奇的土地上，走在梁弄一条叫解放路的老街上，看到领略到完整的江南山乡的生活习俗，能体会到山乡人物的文风雅韵。梁弄地处山乡，四明山上众多的野味成就了梁弄独特的野味食文化。到了梁弄，不妨去老街上逛逛那些杀羊的作坊"羊淘"，打面的作坊，烧酒的作坊等，还有依然开门迎客的老店柜台，等等，

所有这些就像浓缩了的江南山乡文化风俗画，让你流连忘返。

四明湖是处子的湖，这个位于梁弄镇西北的人工湖，静卧在梁弄的身边，没有惊涛骇浪，更没有明礁暗桩。我站在清晨的湖边，碧水蓝天，微波不兴，赏心悦目，夹带着氤氲水汽从湖面轻拂而来的煦煦晨风，宛如少女的气息，扑面而来，令我沉醉。静如凝碧的四明湖，雄伟神奇的四明山，人文荟萃的梁弄镇，大自然的造化之力，堪称神工鬼斧。梁弄有四明山为屏而雄，因四明湖而灵气四溢，人才辈出。

绿色梁弄同样是一支强劲的进行曲。千年梁弄坐落在绿树环合、青竹耸翠的四明山区，是四明山万绿丛中绿之冠，植被良好，环境幽静，是闻名遐迩的避暑胜地。千年梁弄的桂冠上还有一颗炫目的璀璨明珠，就是浙江省生态示范镇。

到了梁弄，应该去走一走位于梁弄镇南四公里白水山上的白水冲瀑布。白水山又名白山，因有白公在此修炼得道而名，山上有冶山、屏风、石屋、云根四峰，石屋峰怪石嶙峋，峭壁悬崖；云根峰苍翠夺目，流泉生辉。两峰之间，一帘飞瀑从53米的高处飞泻而下，形若白龙飞天，声若沉雷震地，蔚为壮观，这就是白水飞瀑，俗称白水冲。白水冲的源头是因为白水道人修炼成仙而得名的道士山，还有纪念仙人丹丘子建造的茶祠遗址、白水宫、过云岩、过云桥，等等。梁弄这个有道家十九洞天之称的浙东仙家道场，蒙上了一层宗教的黄色法衣。

除了道家的超脱，还有佛家的慈悲，不信，你到东明古刹、白云禅寺走走看看，相信会觉得不虚此行。坐落于东明山东麓的东明禅寺始建于南朝天监年间，距今已有 1500 余年历史，初名悟法院，几经兴废，吴越王朝时易名东明禅院，北宋真宗赐名东明寺至今。同是佛家丛林的白云禅寺始建五代年间，至今已有千余年历史。余姚民间流传"九里十三庵，香火不断烟"，"四明大地何处有？东明遥对白云洲。"说的就是四明山区以东明寺、白云寺为首的佛家胜地。

一个交通闭塞的山区小镇，千百年来，梁弄的先人创造了辉煌。七十年前，梁弄人创造了革命奇迹，革命的梁弄，红色的梁弄，七十年后的梁弄人，身上流的依旧是父辈们的热血。"浙东最大的灯具产业基地"，同样在没有原材料优势，没有技术优势的先天不足条件下，创造了又一个金色童话。柔和的，超强的，赤橙黄绿青蓝紫的，各种各样的精美灯具散发出来的七彩灯光，从梁弄出发，辐射四面八方。宁静的夜空下，交织着许许多多色彩斑斓的金色光芒，让天南海北的各色人群都被这神奇的光芒倾倒、折服。许多梁弄人可以自豪地说，那些散发着金色光芒的灯饰灯彩，都是匠心独具的梁弄人织就的。梁弄，被誉为中国灯具之乡，全国环境优美乡镇。

七彩梁弄，交织成一个令人炫目的多彩世界。只有透过这强大炫目的光芒，才能看清楚梁弄真实的面目。走进梁弄九十九条古巷的任何一条，你不妨推开虚掩的木门，主人会热情替你泡一杯梁弄特有的"仙瀑仙茗"茶。余姚梁弄的"瀑布仙茗"茶，首见于晋《神异记》，再得以记载于唐朝茶圣陆羽《茶经》，本身就环绕着一圈神秘仙文化的光环，令人神往。不

妨静心坐下来，听主人讲讲古，你会发现梁弄的更多故事，大吃一惊，七彩梁弄的故事内涵，比走马观花看到的炫目、厚重、丰富，何止百倍、千倍。

淹城之淹

很长时间里，我对淹城的认识，以为就是淹没的古城重新挖掘出来的残垣断墙，或者就如朱明王朝祖陵以前在水底，现在重新露出水面了，再者还让我想起了我所在浙中附近的千岛湖水底古城。我觉得无论是哪一种情况，都会让我得以很幸运地走进尘封几百年甚至几千年的历史甬道，穿越到那个只是在书里或传说中模棱两可说法的史实中，体会彼时彼景，绝对是一件颇具挑战性和刺激的趣事。

到了江苏常州的淹城，我才明白，我的几种猜测和预想都大错特错了。淹城至今有多种说法，有说春秋淹国的都城，或说吴国都城，还有说法淹其实是淹留之淹，有羁留、拘押之意，所以说是吴王羁押勾践的地方，众说纷纭，没有定论。有一点是铁板钉钉了，无论哪一种说法，和我最初的想法是大相径庭。这对我打击太大，按现下的说法，这是个古城遗址，时间可以往上追溯几千年，基本上是没有异议的。这样一来，我的失望之云就像雷雨前一样集聚，越聚越多。浙江的良渚文化、河姆渡文化，都是几千年前的，除了极少量的文物，通过修复在博物馆得以一饱眼福外，遗址上其实很难看得到当年留下的实物。

住在淹城附近的宾馆里，心里真是忐忑不安，如此跋涉上千里路颠颠跑来，居然虚行一趟，真有些不是滋味。随意躺在宾馆松软的床上，任思绪一如窗外的雨丝恣意飞扬，感觉自己

59

进入了一个误区。来到淹城，又不是来考古来确证什么，对于一个匆匆过客来说，在淹城看到的一切，无论感官和心灵上，只要有所收获，就不虚此行了。雨还在下着，心情一下子晴朗起来。

次日一早起来，发现老天给足了我们面子，也给足了淹城面子，阳光朗照，心情大好。一辆景区常见的电动观光车，从繁华的现代化都市启动，穿过象征商周青铜器鼎盛时代的青铜饕餮特色大门，引领着我们，仿佛进入一条遥远曲折的时空隧道，沿途穿越了许多带有时代痕迹的街衢、园林、山水等，舟车交替，下车时，已经身临淹城三河三城的子城外延了，眼前荷叶田田，蒹葭苍苍，一派江南田园风光。走过现代人筑造的仿古木桥，穿过木制牌楼，眼前一片空地，平坦如砥，碧草如织，四周翠树环绕，树木葳蕤。经介绍，才知眼前平地就是三千年前春秋古国淹城遗址，四周碧树掩映之下的就是子城的土夯城墙，只是眼下仅存数米土墩了。

古城在这里只有记忆，成为历史，几千年经久不衰的传说，成为身临此地每一个人的思维翅膀，每一个到这里的人，都可以凭自己的无限想象，去演示当年身为一国都城的繁华和尊贵。宫殿入云，气势壮观，雕栏玉砌，金碧辉煌，曲径通幽，宛如人间仙境。想象脚下就是巍峨宫殿的一处亭廊，一座曲桥，远处隐约还有游园的绰约人影，耳旁仿佛飘来如丝如缕的吴侬歌谣。……

想象始终是无根的竹木，虚无缥缈，无法如古淹国都城仅存的遗物竹木井一样，能引起更多的遐想和追思。想象这口在地底下淹没了几千年后的古井，20世纪九十年代重见天日的那一天，当灿烂的阳光又照到它的身上时，究竟是一种怎么样的滋味！它是不是会回忆它的主人怎么不见，和主人之间的那么多故事会不会重演？沧海桑田，物是人非，怎一个叹字了得！还有在淹城环城河里挖出来的轻巧灵秀的独木舟、独木撬，精美绝伦的青铜器皿，古朴大气的原始青瓷，想要告诉我们什么，或者说这一切都密藏着几千年前那个古国许多无法破译的史实。除了对越地古先民的智慧绝伦和匠心独具叹为观止，我们无法做出另外的抉择。

面对实物，发思古之幽情，总不免物在人亡的感慨。站在古淹城一片草木青葱的子城遗址上，再怎么让思维穿越时空，也无法有一种身临其境的感觉。就像武林高手交技，一拳打向对方，谁知对方借力卸力，早把你的千钧之力挪向他处，出拳者仿若打在棉花上，无处着力。于是，在子城遗址空旷的平地里，像拉回飘向天宇的风筝线一样，缓缓收回思绪，有些怏怏地返回。就让淹城依旧淹没在历史的长河里，尘归尘，土归土，何尝不是最好的归宿。

出了子城，穿过内城，跨越天险之绝胜的三道环城河，我们站在外城之外的阳光下，发觉眼前已经时空交替，我们不经意地来到了一个陌生又有些似曾相识的地方。这里的建筑都是古代的，酷似我们刚才站在古淹城遗址上想象的春秋古迹。街衢宽敞，屋舍俨然，人来车往，一派江南市井风情。男的峨冠

高耸，长衫曳地，相见抱拳作揖，女的裙裾掩足，珮环互鸣，声如莺燕婉转。就连街两边招徕生意的店主商贩，都是一身古装，出口文言，几疑误入桃源深处，触目皆隔世古人。原来这是一处仿春秋建筑的商业街，名目也好听：市井春秋。

穿过这条古色古香的商业街肆，转入一处更让人触目惊心的地方，我们到了百家春秋的景点。一直以来，春秋时期的百家争鸣代表我们几千年文明史上一段君王开明、言论自由，可以诸子学说并存的黄金时期。在这里，儒家代表人物孔子的立像顶天立地，象征学贯天地，立像前面空旷的平地上，是代表他老人家身前七十二贤生的坐像，仿照史书记载的外貌个性，各具神态，惟妙惟肖。医家望闻问切四字要诀中切脉的切字，有一巨型雕塑诠释得淋漓尽致，一巨手平伸，另一手食指轻搭平伸悬空之手的腕间，余三指微翘兰花指。登临古代著名军事家孙武的点将台，上面栩栩如生的孙武塑像，那种跃马驰骋、决战千里的英雄气概，活灵活现，身临其旁，分明受其影响，恍如一种血脉喷张的激动。尤其进入取材于孙武点将故事的空中飞行岛，离地 55 米，可以从高空鸟瞰淹城遗址三河三城的全貌。还有农家的吆牛背犁下田、瓜果金黄陈列，还有法家讲堂、兵家门楼，以及道家、墨家、名家、纵横家、阴阳家、小说家，等等，均以一种实物再现的方式，使每一个到此游览的人，有一种穿越历史、梦回春秋的感觉。

正如三千年前天生异禀、聪明非凡的常州先人，利用独特环境，为后人留下了天下首创的三河三城淹城遗址，成为一笔无法估算的文化遗产。薪火相传承继了先人智慧的当代常州人，在春秋淹城遗址的四周，匠心独具地构建修筑了一系列的以春秋文化为主题的集文化、休闲、游乐、宗教于一体的大型公园。除了市井春秋、百家春秋外，还有收藏淹城出土文物的博物馆。人称亚洲第一漂的惊险激流漂流，取材于"伍子胥过昭关"。还有穿幕电影"梦回春秋"、千年古刹宝林寺，等等。

至此可以一目了然，春秋淹城景区是一个虚实结合、古今融和的人间天堂。在古淹城遗址上，可以让思维任意驰骋，一千个人可以有一千种古淹城风貌。在古遗址外城河的周围，则是完全按照春秋时期建筑、人物、故事传说，结合现代高科技的时尚有机结合和重现历史。历史与现实，古典与时尚，人文与自然，文化和产业，找到一个有机的结合点，融合与交汇，这就是展现在每一个来到春秋淹城景区游客的所见所闻所感。

可以这么说，每一个到了常州淹城的人，都会淹没在三千年前灿烂无比的春秋文化的洪流中，也会淹没在历史文化名城常州悠远又丰富多彩的传统文化之中，更会淹没在淹城景区规划者、设计者、实施者等代表常州人民勤劳智慧、匠心独具的高超技艺和超凡眼光之中。

常州淹城之旅，会让每一个人觉得是穿梭在时空的历史洪流之中，直抵三千年前的春秋古国，沐浴一次三千年前的中华春秋文化，经受一次从外到内的心灵洗涤。

品读龙泉

也许是生肖属龙之故，我一直以来对龙或沾点龙气的地名、器物，有一种特别亲切的感觉，譬如龙游、龙泉等。

位于浙西北的龙游已在几年前去过，地处浙西南的龙泉，除了龙字还有另外一份情愫叠加一起，这就是龙泉宝剑。对龙泉，可以说一直以来，神往之至。今夏，约得十数位文友，终于圆却了龙泉之旅的宿梦。

我一直认为男孩子大多都有英雄梦，很小时候，我们在老家山里，就经常用柴刀削劈木头枪、竹片刀等"武器"，而竹剑、木剑是必不可少的。众多小伙伴分成两队或几伙，互相"作战"时，手持竹木之剑上下挥舞、左右砍杀的人数肯定是最多的。

"万里横戈探虎穴，三杯拔剑舞龙泉"、"安得倚天剑，跨海斩长鲸"、"宝剑双蛟龙，雪花似芙蓉，精光射大地，雷腾不可冲。英英匣中剑，三尺秋水明。……时作龙夜鸣，……云是欧冶生。"等等，每每读到古人这些直抒胸臆、荡气回肠的诗词，心中顿时会荡起无限豪情来，仿佛自己穿越时空，跃马挥剑，纵横驰骋，击杀敌酋，大有"马革裹尸何须还家"的大英雄气概！后来渐渐地读到更多关于宝剑的诗文，才知道这可以为任何一个稍有志向的男儿制造英雄传奇的宝剑竟然是出自龙泉的。

到了龙泉，才知自己对剑之认识真是连皮毛也谈不上。龙泉铸剑历史已超过 2500 年，铸剑祖师爷欧冶子铸剑的剑池、剑池亭、欧冶子将军庙等遗存依然，成了凭吊先人、寄寓情思的纪念场馆。龙泉铸剑史、宝剑文化足见底蕴丰富，历史悠久。

几千年的文化积淀，几千年技艺传承，到了龙泉宝剑苑，每一个人都会发现，龙泉宝剑文化已经得到了发扬光大。专业生产宝剑企业近百家，从业四千余人，年产各式宝剑几百万把，是国内最大的刀剑生产基地。走在琳琅满目的宝剑苑，看着数以千计、陈列精美的各式宝剑，我忽然觉得龙泉宝剑的四大特点似乎正好契合了一个顶天立地、指点江山的男子汉大丈夫英雄形象。锋刃锐利、寒光逼人正如男儿气势，勇往直前，所向披靡；刚柔并寓、纹饰精巧不正是体现男子能屈能伸、进退有度、学养并济的不俗风度吗？这样说来，龙泉宝剑应该是雄性的，是属于男人的，是属于龙泉男人的。

龙泉青瓷和龙泉宝剑是龙泉双绝之一，历史悠久，在龙泉和国内外的瓷器史上写下了显赫篇章。相传中华最伟大的三皇五帝之一舜帝是龙泉瓷业之祖。龙泉青瓷发展史上的宏大记事，随便列举几件都是空前绝后的。五代至明朝早期，龙泉窑烧制的青瓷是宫廷御用或宫用专用青瓷；在法国，青瓷叫作"雪拉同"，是法国一部文学名著里浪漫而风趣的男主人公的名字，后来英文"青瓷"名也从法文沿用。现代英文"中国"和"瓷器"是一样的，你能说它和龙泉青瓷一点不相干吗！

青瓷苑里所有青瓷店家的陈列架上摆满了各式青瓷制品。面对一件件精妙绝伦、美轮美奂的青瓷精品，不由得不让人想

到人间尤物一词。仔细一想，这青瓷不正如龙泉女子曼妙的身材、非凡的神韵吗？流畅、光滑的表面，轻轻触摸，几疑是女子细腻、光洁、质感的肤色；玲珑、别致的造型，俨然女子杨柳一样婀娜曼妙的身姿；至于内敛的光泽、柔和的色调，更是充分展示了一个女子兰质蕙心、秀外慧中的优秀品质。从我们平时了解到的龙泉女子的端庄、贤淑、勤劳、聪慧，无论从哪个方面哪个角度，唯有这给西方人带去过东方神奇的青瓷可以比拟。

如果说宝剑是龙泉男儿的风骨，青瓷是龙泉女子的神韵，那么两者合一，就是龙泉吗？我觉得有些似是而非。要把这两者作为代表龙泉或者说真正涵盖龙泉一切的，总感觉还缺少一点什么，一时又说不上来。这里面到底缺的是什么呢？在龙泉两天里，这个问题一直盘桓在我的脑间挥之不去。

浙大龙泉芳野分校旧址里，重新修缮的华严塔前，大窑遗址旁，剑池湖边，安仁永和桥上……我走了龙泉许多地方，我的眼里都是龙泉数十年间日新月异的巨变，我的心里依旧是若有所失，总觉得在寻找一种貌似看见又分明摸不着的东西，明明在眼前，结果是一直徒劳地寻找。面对龙泉处处的秀山碧水，我隐隐有些沮丧。

龙泉山景区内的黄茅尖，海拔 1929 米，为江浙第一高峰，自然成了我们龙泉一游的首选景区。景区内的"绝壁奇松"景点，我居然意外地见到了令人惊骇的一幕，我的心灵深处被重重地撞击了一下。站在观景台上，触目都是飞鸟愁渡的壁岩，直耸云间，白云缭绕其间。就在这样猿猴难攀的悬崖峭壁之间，一棵棵挺拔伟岸的松树仿佛凌虚而生，在岩隙壁间，凭借些许浮土，扎根其中，深入石缝，汲取营养，艰难成长，沐风雨傲霜雪，几十年甚至数百年寒暑更替，终成参天大树。天长日久，在这龙泉山的腹地，形成了今天蔚为壮观的一大片绝壁奇松。

在我的脚下，我看到更震撼人心的一幕，一棵屈曲如虬直径已有数十厘米的大树，竟然是顶破一块巨石，从被它顶为两半的岩石中长出来的，树和石相拥相抱，浑然一体。我仿佛看到一个壮士，杀出重围，一身鲜血淋漓却依然斗志昂扬地站在我的面前，他的身后就是一道长长的滴洒他冲出包围时的斑斑血迹。

龙泉地处浙闽交界，在浙江属于交通闭塞的地区之一，尤其山多地少，素有"九山半水半分田"之说。可就是在这样先天不足的环境下，龙泉人从古到今披荆斩棘，历尽艰险，开创基业，用龙泉山上茂盛的森林资源烧成木炭，用龙泉山里含铁量极高的铁砂石冶炼宝剑，终成人无我有的龙泉宝剑，可谓匣动天下惊！又用龙泉独有的瓷土和紫金土资源，烧制了举世闻名的状如"浅草的青、深潭绿水"的青瓷。山高林密本来是一种恶劣的人类生存环境，天生聪颖、勤劳刻苦的龙泉人，化腐朽为神奇，创造了世界上最早的砍花法，栽培出了香菇，继而灵芝、黑木耳等。一样样的山珍，在龙泉人的手中源源不断培植出来……所有这一切，点点滴滴，丝丝缕缕，无不凝聚了龙泉人的勤劳和智慧，印证了龙泉人敢为天下先的求实和创新。

至此，我陡然顿悟，龙泉人经过数千年的艰难探索，经历了千辛万苦，终成剑瓷双绝、最大的香菇生产基地之一，不正如眼前这绝壁上顶天立地的奇松一样吗？面对着风中猎猎作响的一大片绝壁奇松，唯有它们的顶天立地可以代表龙泉人的铮铮铁骨。唯有这些奇松，可以诠释龙泉人奋斗拼搏、创新发展的不屈精神。

山为江浙之巅，水为三江之源，当年因剑得名的龙泉，如今已是闻名中外的青瓷之都，宝剑之邦，香菇灵芝之乡，真正成了"……双溪横贯，凤凰翱翔，石马腾踏……地势夷旷，他邑莫及"的一座新城、一方宝地。"春色满园关不住，一枝红杏出墙来"是宋代龙泉诗人叶绍翁流传千古的名句，龙泉名扬在外的早已不只"一枝红杏"了。假如叶翁在世，面对沧海桑田发生巨变的新龙泉，他的上一句"春色满园"状摹龙泉还算妥切，下一句"一枝红杏"恐怕得重新斟酌，另赋新诗了。

上海的飞翔之旅

　　远方的朋友问我上海这个称为国际大都市的"十里洋场"和"冒险家的乐园"，有哪些地方值得一游？说实话，当时我就有一种面对一堆让人手足无措的棘手事务无从下手之感觉。上海太大了，它是一本大百科全书，里面什么都有，什么都全。如果不熟悉上海的人，冷不丁闯进上海这个现代化大都市，那么，他不仅仅是刘姥姥初进大观园的新鲜和神奇，说不定他还会迷失在水泥森林中那些看上去都差不多的纵横交错的马路之间。

　　我世居江浙，去过上海多次，也只能大概说出一些我所了解的部分，放在整个大上海来说，也只能是九牛一毛罢了。不过，挑几个有独特景色和风貌的，我还是能够说出一些的。

　　去上海，外滩之游是必不可少的，一直有不到外滩等于没到过上海的说法。在紧临黄浦江的短短一千五百米的外滩路上，哥特式、罗马式、巴洛克式以及中西合璧式等，五十余幢百年左右的可以代表全世界最著名建筑风格的高楼大厦，一定会让你饱享眼福，大开眼界，所以上海外滩还有一个美誉，就是"万国建筑博物馆群"。当年的租界，如今就像王谢堂前燕，谁都可以欣赏和观光，谁去了外滩都会感叹不虚此行。

　　假如对中国传统的建筑感兴趣，尤其是南方特有的园林布局，不妨去老城隍庙转转。这个又称为豫园的距今六百多年的明代建筑，可以说集江南园林的所有特色于一体。江南园林就

像放大了的盆景，在不大的地方，亭台轩榭，假山池沼，诗意地布置，画境般体现，大有纳须弥于芥子的神奇。柳荫下，石子路，走在其中，丝毫没有令人逼仄和狭窄的感觉，时时给人一种曲径通幽、柳暗花明又让人心旷神怡、别有洞天的敞亮感觉。你游览老城隍庙，享受的却是整个江南园林的惬意。

如果喜欢购物和逛街，南京路步行街是条百年老街，人称"中华商业第一街"。白云苍狗，日月交替，虽然几经易名，不变的依然是街衢的日益繁华。永安、先施、中国百货公司等国货老字号，还有龙凤的中装、张小泉的剪刀、盛锡福的帽子等，百年老店在这条长街上，正如大上海一贯为之的繁华和发达，人气旺盛，生意兴隆，成为这条闻名海内外的步行街，闪闪发光之珠链上的一粒粒熠熠生辉的璀璨明珠。

另外比如纯休闲的不妨去西郊公园或上海野生动物园，年轻人要刺激一点的自然去锦江乐园，肯定是极佳的选择。对历史有兴趣的朋友，古往今来许许多多的名人、伟人故居或旧居，灿若群星一样点缀在大上海的四面八方，每一处旧居就是一本独立的传记大书，每一处故迹都有不俗的传奇故事，令人眼花缭乱，目不暇接，用这样的词语来形容丝毫不为过。

假如你要体会一下海派风格的景致，这个不难，最好挑一个细雨霏霏的午后，选择那些石库门的弄堂，慢慢踱进去，你就可以看到上海人骨子里面的东西了。累了乏了，别急，说不定弄堂转角或尽头，就有一个海派风味的咖啡馆或茶室，轻轻地推门而进，选一个临窗的位置坐下，身边就会有柔柔的问询声，点一杯喜欢的咖啡或茶点，悠闲地品咂，慢慢地回味。窗外，依旧是海派的风景和韵味，让你沉浸在这样的海派文化氛围里久久不愿离去。

假如你在上海逗留的宝贵时间不多，想一日看遍长安花，那么，最让人刻骨铭心的莫过于登游上海的地标建筑之———东方明珠广播电视塔。这个高度名列世界第四、亚洲第二高塔的空中景观，不仅仅会给你带来从未有过的俯瞰大上海美景的极佳机会，更重要的是它对每个人生命体验的挑战性会让你终生难忘。

坐落在外滩对面、陆家嘴金融中心的东方明珠塔，高达467.9米，下面三足鼎立，上面一柱擎天，从上到下还有十一个大小不一的球状建筑物串成一线，据说是取自唐白居易传世佳作《琵琶行》中名句"大珠小珠落玉盘"之义。按我等粗俗人眼光，倒是更像被咬了几粒的一串糖葫芦，更为贴切。进入塔内底座，丝毫体会不到要身临虚空、君览一切的预感，感觉只是走在寻常大百货商场的过道一样，宽敞明亮，人来人往，大可悠闲自得慢慢欣赏、观光。

整个明珠塔有数处高度不一的观景台，最佳赏花赏月赏风景的位置是在离开地面263米地的主观光层。站在这里，环整个塔层一周，整个上海城尽在脚下，远景近物，都在眼底。脚下的黄浦江，舟楫往来，一片繁忙，纵横交错的马路，车来人往，煞是热闹。隔江相望的外滩公园，俯瞰之下，那些罗马式建筑也好，哥特风格也罢，都成了孩童手里积木堆成的模型一样。一处红花般镶嵌在高楼大厦绿叶之中的一大片古建筑分外显眼，黑瓦粉墙，马头墙高挑，细一看，原来就是老城隍庙一带的古迹和近代仿古建筑。还有周围众多如林的入云高楼，平时站在楼下，假如你不是站在离开大楼一定的距离，哪怕你掉了帽子，照样看不到楼顶，站在明珠塔上，这些楼群都很整齐的在你的脚下，没有一幢敢随意高过你的脚背的。人站在山顶总爱说路在脚下，这里却是楼在脚下，一览众楼低，唯我塔楼高。

除了观景，东方明珠塔上一种全新的视野还会带给你崭新的感觉，这种神奇而刺激的体验更会让你烙印一样终身难忘。那条被称为"凌霄步道"的全透明玻璃环塔走廊，许多胆小的游客至此除了惊讶得大声喊出外，却不敢向这条离地259米高看上去虚无透明的走廊迈出半步。一些胆子大的游客，虽然嘴巴叫得很响，伸出的脚步小得连早先妇女的三寸金莲也不如，生怕踩下去把脚下想象出来的蚂蚁不慎杀了生。脚尖先着落，踩实了才敢把整个脚板踏下去，那份小心翼翼，实际上是心惊胆战，总不免惹得旁边的游客一阵阵开怀大笑。事实上，轮到自己上前，刚刚笑完的游客立马成为其他人的笑料。即便如此，大多数游客依旧雀跃上前，轮番试胆，于是另一番惊呼声此起彼伏：有的把几十层大楼踩在脚下了，有的一屁股坐住了几幢几十层的高楼大厦，还有的两腿之间居然跨着好几艘黄浦江上的轮船……

你放慢脚步，顺着观光走廊闲庭信步，感觉整个大上海在你的身下匍匐而进，渐渐地，和你擦肩而过，消失在你的身后。这样的感觉，只有坐在万里晴空的飞机上，当你临窗抬眼眺望，才会看到窗外的一切都在飞快地消逝在你的身后。确切地说，这种感觉比飞机里更逼真和刺激，因为脚下是透明的，每个人走在这条透明观光走廊里，更像一只在空中飞翔的鸟儿一样，远远看去，上下左右无所依，唯有飞鸟差可拟。确实，身临东方明珠塔的感觉，就是飞翔的感觉，这才是你登游东方明珠塔身临其境的真切感受。这种似是而非却别具一格的飞翔经历，让人惊心动魄又耳目一新，恐怕任谁也会铭记在心，终身难忘吧！

去周庄喝夜老酒

小时候，看到门前果树上树梢顶那几枚红透的果子，太高而无法摘到手，那个诱惑真是无法用语言述说。周庄于我，很长时间里就像我记忆里那枚熟透却无法摘得到手的果子，向往之至。

许多人读了叶圣陶先生的《记金华的两个岩洞》，纷至沓来奔向我的家乡浙中金华，欲一睹名家笔下的双龙诸洞美丽风光。王剑冰先生的《绝版的周庄》让我知道了江南六大古镇之首的周庄，看到这个中国第一水乡的魅力所在。水是周庄的魂，周庄的一切都立足、植根在水上面，依附着江南水的魂魄，还有双桥的奇巧结构、张厅的江南民居风格、全福寺的佛家文化、白蚬湖的众多美味等。尤其早先父祖辈嘴里念叨的沈万三的聚宝盆，那个要什么有什么的宝贝，居然也在周庄，更让人恨不得一步跨到周庄，一睹风采。

年岁渐长，门前树梢上的果子不再只是望果兴叹，周庄，也不再是可望而不可即的遥远和渴盼。从浙中出发，不过半日路程，就可以一偿夙愿，得以饱览周庄秀色。每每整装待发，心里七上八下无法平静，终始阻碍行程。其实原因很简单，或者说很可笑，就像一个人要去见多年没见的初恋情人，担心藏于内心许多年的美好印象瞬间破碎。周庄还会是我多年来心底那份美好吗？去过浙江的南浔、乌镇，回来后的内心被撕开一道长长的伤口。水是柔软的，也应该是宁静的，南浔也好，乌镇也罢，看到的除了人头簇拥，再就是人流滚滚不息，古镇的安逸、恬静和雅致，早已荡然无存，唯有人心的浮躁和尘世的嚣扰。

喧嚣只是周庄的外表，就像淳朴的村姑穿了锦衣华裳，不变的是她的本真，她的善良，她的天生丽质。有朋友知道我的担忧，告诉我周庄的本质，周庄的内涵。朋友继续说，好东西需要有一双敏锐的眼睛，一颗善于发现和挖掘的心，去周庄住上一晚，你就会改变自己的想法，彻底释怀。

苏东坡誉杭州"水光潋滟晴方好，山色空蒙雨亦奇。"说的是杭州西湖不论晴雨冻雪，还是绿春金秋，每一个季节、每一种环境，都有独特的美丽。事实上周庄的美景，也是全方位多姿多彩的，无论何时何境，都有其不同的魅力呈现，让每一个到周庄的人，都能感受到这份周庄的宠爱。尤其周庄的夜晚，更是给每一位爱周庄、沉湎于周庄怀里舍不得离开并驻宿在周庄的人，留下一份独特的记忆，终身难忘。

夜幕降临，那些踏破周庄宁静的脚步声渐行渐远，周庄恢复了骨子里的那份安静、恬淡，白天的躁动和不安，都随着水流而去。华灯渐放，周庄恢复了那个质朴村姑的本色，让留在周庄的每一个人欣赏她的素颜和丽质。这个时候，不必去追逐时尚的灯彩，以及一些时令的潮流。周庄一年四季中，元宵节的"大田财"，三、七月的"摇快船"，这些都是周庄夜生活的高潮，沾亲带故了一些白天闹猛的余韵。

周庄的夜晚，最适宜也是最怡性养情的莫过于去喝夜老

酒。找一个临水的酒店，自然还需要临水的座位，傍水坐下，带着看水的余波点几个周庄的特色菜，万三蹄、三味汤圆、蒸焖鳝筒、莼菜鲈鱼羹、姜汁田螺、塞肉油包、百叶包肉、焐熟荷藕，等等，随着自己的喜好，浅尝诸菜也行，大快朵颐也好，总不能辜负周庄的特色菜肴。酒量不错，点一壶"十月白"，酒量弱一些，可以点一壶当地家酿的米黄酒。抿一口酒，挟几筷色香味形的周庄菜，唇齿留香，舌尖回味。

　　窗外的水流，除了偶尔翻卷一些小浪花，时不时还有一两只坐满夜游客的小船，咿呀摇过，悠然自得。一个人喝酒，可以回味一下美丽周庄带给你的感官享受和人文熏陶，感受一下江南水乡古镇的昼夜不同心情。假如运气好，遇到周庄人喝"阿婆茶"，系一块花毛巾或蓝布包头，身穿大襟衣服，腰着百褶小围裙，背后垂下两条及膝的彩带，带头上还缀有红绿流苏，裙下着一条上青布裤，脚穿绣花滚边圆口布鞋，这种近乎失传的周庄本地农村妇女的传统服饰，就会让你眼睛一亮。据说到周庄不吃阿婆茶，不算真正到过周庄，你可以和大家一起体会一下这种特有的习俗。还有宣卷，这是周庄乡村里特有的一种民间曲艺形式，近似于堂名，亦有说唱、评弹之风，已有200年历史。宣卷主角甫一亮相，长衫广袖，手执折扇，神采飞扬，惊堂一响，又说又唱，抑扬顿挫，悠扬动听。临窗而坐，身拂自水面而来的习习清风，一边品尝周庄美味，耳听植根于周庄的传统说唱艺术，这份悠闲自得，这般率性而为，诚可谓丹青难绘，诗文难述。

　　假如是三五好友一起喝酒，寻常酒店、酒庄就不是最佳选择，最好的地点自然是迷楼。迷楼的大名远扬就是因为柳亚子先生和他们南社的几位诗友，登楼喝酒吟诗作词，才成为文人墨客、至交好友聚会的好场所，可惜现在已经辟成陈列馆，专门展览南社及柳亚子先生等的资料文献。爱屋及乌，找一家靠近迷楼的临水酒店吧！菜肴自然不外周庄的特色菜肴，酒依旧是周庄的十月白或者家酿米酒，人一多，气氛不一样，感觉也不一样，可以畅叙高情厚谊，也可以随便聊聊桑长麻短、家里家外，兴致来了，就像当年南社的诗友一样，即兴作诗填词。不必在意平仄押韵，也不必拘谨于诗情词意的高深意境，只要是来自内心的感悟，来自真心的倾诉，抒写了在迷楼开怀喝酒尽兴放松的彼时彼境，都是好诗佳词。

　　夜阑人珊，酒足饭饱，有些神情懒散了，不妨继续坐着，点几盘周庄的茶点，万三糕、全福贡酥是必不可少的，冲泡一杯周庄的盖碗茶，可以继续围桌谈笑，也可以临窗观景。远处的灯影处，窗下悄悄而过的游船里，以及远处依旧兴致勃勃徜徉在周庄石子路上的游客，那一双双向周庄迷人的夜景抛下媚眼的双眸，那一颗颗感动于周庄多彩夜景的心，何尝不把窗前的你，看成是周庄夜景中不可或缺的一幕呢！

　　当枕水的美梦袭击你周庄的酣睡时，似真亦幻，似醒却睡，你已经分不清是身在周庄，还是梦在周庄，周庄的夜老酒就这样如烙印一样，从此活色生香在你一生的记忆之中。

三清之魂在于石

从三清山回来，念念不忘的在于三清山各种奇岩怪石。石之异、石之奇、石之雄、石之秀，把三清山点缀得成为石之博览、石之大观，也不枉著名散文家秦牧游完三清山，欣然题词："松石的画廊，云雾的家乡"。

早晨六点多，站在三清山脚下等上山的缆车，初冬的赣东北，天色灰白，一副混沌初开的状态。待七点多，坐上缆车上到第一个山峰时，已惊见前方远处的三清山主峰奇景突现，初升太阳橘黄色的光芒铺洒在山巅，与下半截黛青山体宛如刀割一样，分成截然不同的景色。山顶群峰罗列，通体金黄，其余阳光暂时还没照临的地方松黛岩灰，交映成趣，主峰下的山上饭店、宾馆及缆车站等建筑依山而筑，呈梯级散落于山的褶痕里，如海上仙阙，别有韵味。

我们从东侧上山，脚下全是条石台阶，来到恍如巨石从中一劈为二、仅容一人通过的"一线天"，仅台阶就有二百多级，两旁是虬松凌风，诚如古人所说，"石磴攀萝上广平，恍如身在九天行。"我们一边缘阶而上，一边断断续续地听导游讲解，耳中尽是一些巨石的称呼："老道拜月""犀牛入户""象鼻戏松""蜗牛升天"等，看似山峰实则都是形态迥异的各种奇形怪状的巨石，远看近瞧，无不形神俱备，你不得不为大自然的杰作发出由衷的赞叹！

"男的看了笑吟吟，女的看了羞答答。"许多人被导游的说词吸引进去，原来是三清山著名奇石"玉女开怀"。只见抬眼处一巨石恰如少女开怀，裸露在外的双乳圆润而饱满，乳头初露而坚挺，展示了少女的无穷魅力和性感。更令人称奇的是，双乳石前边又矗立一柄雄风毕露、戟指双乳的"金童开泰"石，仿佛大自然也深谙男女搭配、阴阳调和的道家法理。

我们继续上行，在各种奇石怪岩中穿行。

转过北坡，下山不久，我们就很快看到了人称三清双绝的两大奇石——"司春女神"和"巨蟒出山"。"司春女神"在玉皇峰东侧，据说高81米，占地一华里，而"巨蟒出山"则一石冲天，独自成峰，高118米，顶部直径只有20米，最细处不足7米，与"女神峰"遥遥相对。

从山顶下来，就是"千年杜鹃林"，未及穿过，就已经看到远处巨石如慈祥"妇姁"端坐，她的膝前是两棵不知生长了多少年的青松。"妇姁"的目光慈和，神态端庄大方，让我顿时想起祖母在世时，在地里干活累了歇乏时，也是这样慈祥亲切地看着玩耍的我们和地里的庄稼。这就是"司春女神"石，而事实上，仔细看这位女神，不着华衣，不著珠饰，俨然一位上山打柴累了坐下歇歇的山姑，一位勤劳而美丽的山姑。到山腰，离女神石更近了！你会惊奇于这女神石居然由两块巨石"堆砌"而成的，头首石稍小，而身子石却硕大无比，看上去浑然天凿。相传"司春女神"石已超过2000万年。

在"司春女神"的西侧，一冲天巨石从山谷里破土而出，直入云霄，这就是闻名中外的"巨蟒出山"石，它的娇容曾经

上过世界上最享有盛名的《地理》杂志，远看，仿若一条巨蟒不甘这狭小山谷的束囿，直欲冲上九天，近看，头角峥嵘，仿佛蛇身矗立，鼓腮吐舌，几欲腾身东去。每一个游客到此，都被它的气势震慑住，更为大自然的鬼斧神工彻底折服。从"司春女神"到"巨蟒出山"，两大奇石遥遥相对，一刚一柔，一阳一阴，又一次让每一个游客深深体味大自然在造物中注重合理搭配、平衡调剂的苦心，而事实上世上万物莫不应该如此，才能生生不息、源源不断地延续下去。

从"巨蟒石"旁的栈道重新上山，事实上我们不过绕三清群峰绕了一个圈。"万笏朝天""企鹅献桃""狸猫待鼠""狐狸啃鸡"，一路上山，一路观赏着各种奇形怪石，待到得禹王顶，相传是禹王站在此处指挥疏通水道的地方，我们已身居三清山群峰的西侧了！在这里，远山近峰的各种怪石，历历在目，美不胜收，远眺"大秀峰""小秀峰"，近看"皇冠峰""猪蹄峰"，还可以俯视"三龙出海""张果老倒骑驴"等。

下了禹王台，很快到了仅容一人仄身而过的一线峡，令人叫绝的是峡下有一狭长巨石把这天成石门一分为二，被人称为幸福门和长寿门。"和尚打伞""玉兔奔月""葛洪献丹""老庄论道""仙姑晒鞋"，依然是一步一景，怪石迭现，令人目不暇接！下山比上山要轻松得多，很快我们到了"流霞台"上，站在这里，四顾空旷，看见"神兔探海""逍遥唐僧""岳飞别母"等，回首三清主峰，正如"石向虚空排玉笋"，群峰高低错落有致，俨然如石长城。

因旅伴们劳累之故，午后的西海岸景区只好留存一份怀想，期待下一次和三清山的约会了。"揽胜遍五岳，绝景在三清"，宋代大文豪苏东坡在游览三清山后，对三清山推荐为冠盖五岳的绝景，我想，苏老爷子恐怕称绝的也一定不外乎奇石的绝妙精伦吧！虽然我这次不能畅游三清山，但已经游览了精华之胜的南清园景区，特别是观赏了三清山两大标志性奇巨——"司春女神"和"巨蟒出山"。石不能语最可人，纵观整个景区各种奇石，或怪石嶙峋，活灵活现，或玲珑剔透，巧夺天工，或天成佳物，或地设奇观，或雄浑大气，或奇丽秀巧。虽状物摹景，却无不栩栩如生，惟妙惟肖，令人拍案叫绝，叹为观止，这已足够起到窥一斑而见全豹的作用。而事实上也真是如此，观赏了三清山的各种奇石，就见识了三清山的灵魂，欣赏了三清山的大美。

"两腋生风上少华（少华山即三清山），始知人世有仙家"，如此神仙居处，洞天福地，我想，三清山，我还会再来的。

第二辑　浙中揽胜

山水磐安 风景这边独好

磐安因位于浙江省中部，素有"浙江之心"之称，县境与台（州）、处（丽水）、婺（金华）、绍（兴）四州接壤，距杭州、宁波、温州均在 2 小时以内。磐安是浙江省内钱塘江、瓯江、灵江、曹娥江的主要发源地，故旧志称"群峰之祖，诸水之源"。境内有大小山峰 5200 多座，标高在 1000 米以上的 63 座，故有"万山之国"之誉。境内山清水秀，环境优美，森林植被茂盛，被誉为"浙中承德，天然氧吧城"。南宋大诗人陆游曾在磐安留下佳吟，草圣米芾留下墨宝，尤其最近几年吟诵磐安的美文妙诗，堪称车载斗量。

挑选了初秋的两个昼夜，饱览了浙中旅游胜地磐安的美景，在享受了无与伦比的视觉盛宴之后，觉得不写点文字，实在有愧于磐安佳山水。于是，把自己关进斗室里坐禅悟道数天，居然悟出一些奇思怪想来，也就有了下面这些文字。

花溪：小说情节

花溪是出游的第一站，曲径通幽处，白云生处有人家。

斤丝潭的瀑布气势磅礴，声震于天，很远已经听到"隔篁竹，闻水声"这种先声夺人的气势，及到眼前，更觉得水色清澈，水流湍急，水势激烈，让人眼睛一亮。这就如一篇小说的亮丽开头，正如一只美丽绝伦艳惊四座的凤凰，美丽得让人心神俱醉，让人都恨不得三千宠爱集一身，不再想移目他处。

　　古廊桥给所有的游客启开了花溪以及磐安的人文历史，告诉了这份历史的厚重和内涵，这是小说故事情节的背景。一篇小说的厚度和深度，一般就在背景的缓慢叙述中，让每一个读者浸淫其中而不得自拔。站在济阳桥边，看一看已经长满青苔的几百年前的桥拱块石，踩一踩嘎吱作响的木桥板，听一听桥旁白发长须乡人的介绍，吹一吹几百年来不变的清新山风，你会有一种恍惚，以桥为界，是不是自己误入了桃花深处，遇上了不知魏晋的避世秦人。

　　过了廊桥，眼前就是一处山间平地，白墙黛瓦的农居依山临溪，散落在这块天成地设的卜居佳地。逆水而进，其实这里已经进入了情节展开和铺陈的阶段，近3000米的平板石溪，来源于数亿年前的火山爆发遗存，在这群山之间，缓缓铺开如一匹硕大的布，舒展在两山之间的峡谷，躺成一条溪，让不竭的水流恣意漫溢，让鱼蟹自由游弋。一段风景，数处斗折蛇行，又一段风景，接纳山上大小瀑布溶入溪中。情节的发展，就是依仗无数细节如珍珠一样串联起来，使得整个故事跌宕起伏，曲折动人。顺平板溪缘水而行，不时地会有意想不到的景致景观扑面而来，惊喜接连不断，兴趣越来越浓。眺望白云缭绕的群山深处，九曲黄河一样的平板溪源头，会有什么样更让人难以忘怀或流连忘返的美景呢？阅读小说至情节深处，何尝不是一样期盼惊心动魄的结尾或故事发展的最高潮，突然出现在面前呢！

　　顺着花溪一路设置的情节，或流水，或飞瀑，或山重水复疑无路，分明转过山脚有新景，或绿荫深处闻水声，走近却见巨流若腾龙。

路在脚下蜿蜒，进入大山腹地，溪水顺山势龙行鸟翔一样，时而神龙见首不见尾，时而只闻其声不见其形，貌似扑朔迷离，分明有迹可循，高手笔下的精彩小说，明线暗道，使情节更具独特性，自然也达到了吸引人，让人跟随情节不知不觉步入欲罢不能的境地。

双瀑争潭绝对是花溪整篇小说的高潮，林中小道如灰蛇草痕一样，把每一个游客带到了山谷尽头。迎面两道白光从天而降，让人眼睛一花，原来是两道巨瀑分别从两座山上凌虚而下，然后，齐齐冲入山底的潭里，激起万斛水花。水声如擂鼓于室，虽声震于野，音调明显低闷，如巨兽被困，又分明有急欲突围而去的声势。每一个游客至此，没有不被大自然这样神奇的布局和造化震撼的，看瀑布，闻水声，观水色，感受这种震慑心神的气氛和声威，久久不愿离去。

离开花溪，一如合上书页，每一个人的心里脑中，都是花溪所有景色的精巧布局和佳构，就像一篇精彩小说的情节和意境，忍不住一次次想打开书本，重温精彩。

百杖潭：新诗激荡

诗歌是我们每一个人生活中接触和接受最早的文体，我们很小时候祖母口里的歌谣，母亲哄你入睡时的催眠曲，父祖辈干活时哼的劳动号子，其实都是广义的诗歌。这也可以看出，诗歌出现在我们的日常生活之中，就像孙悟空七十二变的神奇，是有着多张面孔不同变化的。

或说诗言志，或说诗抒情，其实都有道理，只不过是你看到的和别人看到的不一样而已，自然说法不一。要想看到诗歌的多方面，不妨去磐安的百杖潭景区，你在那里可以体会得到诗歌的多种节奏，感悟到诗歌的不同面目带给人异样的感受。

闻名天下的贵州黄果树瀑布，它只是以一种气吞山河的独特气势、声威，如闪电一样霎时烙印在每一个人的记忆深处，这就如一气呵成的直抒胸臆，少了些曲折，乏了些情调。和磐安相距不远的古越国故里诸暨的五泄瀑布从唐朝起就有文人骚客歌咏吟诵，可惜虽为五泄，只不过一道水流在曲折回环的山谷间斗折蛇行，从山顶依次而下，或落差不高，或铺陈岩壁，最具声势的第五泄也不过二三十米落差，多了一些缠绵，缺了一些刚烈。磐安的百杖潭景区，很多瀑布的缺憾在这里可以弥补。

磐安百杖潭景区的核心景观是百杖三折瀑。三折瀑本身就是一首诗，自上而下，两山夹一水，峡谷喷薄而出的巨大水流，先是铺垫，缓慢地铺陈在岩石之上，舒缓有张力，角度和力度都给人一种轻松愉悦的感觉，仿佛是创作中的先抑后扬，在自我约束了简短的二折后，再也无法控制情感的压抑和遏制，炽烈情感一如火山，一下子在第三折瀑布中彻底喷发了。落差近百米的瀑布仿佛是天外飞龙，蹈云而来，势不可挡，直冲谷底。假如你站在谷底的潭边，仰望凌虚而下的瀑布，你就会有所恍惚，阳光照射之下，山岚流云直疑云蒸霞蔚，乳白色的巨大水流仿佛一条神龙从水潭里腾跃而起，直冲九霄云天。那声势，那神威，让人几疑梦中，一片虚幻，更多的还是惊讶和震撼。震惊之余，除了舍不得美景不忍离去，大自然景观的神奇造化，天工造物的无与伦比，搜遍箧中一切形容景色景观的词语，仍然感觉陷入了词穷语乏的困窘境地。

除了百杖潭瀑布的奇绝和壮怀激烈，龙皇庙的灵异，十八渡的曲折，大炮石的传奇，滴水岩的幽峭……整个景区的其他景点景观，都不过是整组诗歌里主打诗百杖潭以外的配诗，使百杖潭这首主诗更突出也更节奏强烈，从而更好地表现了百杖潭景区瀑奇、水冽、石怪、谷幽、溪曲的旖旎风光。

时而绮丽缠绵，时而轻松欢快，时而左冲右突，状似猛虎脱枰，威风八面，时而上腾下跃，几疑蛟龙出水，驾云九霄，这就是百杖潭的神奇和灵异。每一个游客至此，整个人的心神再也无法自摄，全随着百杖潭三折瀑惊天动地之气势，心神俱醉而难以自已，刹那之间，整个人也仿佛被山灵地气摄取了元神，从而连同肉身一起被溶入百杖潭的山水之中。

灵江源：散文意境

磐安的灵江源景区相对于其他景点来说，景观呈点式分散于数处，在植被保护非常完好的景区里，正如万绿丛中一点红，在古木森森、松风阵阵的万顷碧涛之中，不规则地各自展露芳颜，春兰秋菊，各擅其美，芬芳于天地之间、群山之中。

　　王大坑村是进入灵江源的第一站，山腰之上，两山夹峙的谷地上，散落着几十幢数百年的江南民居。光是屋墙就会让你浮想联翩，有木板串楣的，有青砖垒成的，更有乱石叠就的。有一户人家最绝，他的屋后墙干脆就是一块数丈见方的巨石，令人叹为观止。村中涧水潺潺，屋后巉岩壁立，碧树生寒，野花溢香，俨然桃源人家。不管你信步走进哪一家，主人都会沏一杯山泉水的茶，如果遇上吃饭时候，一定会力邀你坐下一起吃饭，仿佛你是他家几辈子世交的贵客。

　　上山古朴的石板路，杂树生花的林荫小道，以及鸟声啾啾、虫鸣唧唧的一路伴随，只是给你登山赏景的常规切换，让你在登山途中时不时收获一份接一份的惊喜，就像妙笔生花时的起转承合，移步换景，心随景变，意趁境换，整篇文章就跌宕起伏，引人入胜，令人无法释卷。漫步在这充满古意画境的山道上，一个人走是禅意，两个人走是情谊或爱意，三五成群，悠游闲逛，那绝对是诗意。

　　山上山下，掩映于茂密树木之间的几十条大小不一、姿态各异的瀑布，在浑然一体的绿色之中，闪动着银白色的光芒，时隐时现，如一群神龙腾跃于大山中间，有看见龙身狂舞的，有看见龙首狰狞的，也有看见龙尾神威的。一条数尺宽的石板台阶蜿蜒上山，如一条灰色丝线，串起山上山下的几十条神龙，成为灵江源的一大神奇景观。

　　如玉带一样环在灵江源绝壁之上的栈道，本身就是一种风景的极致，上见蓝天白云几疑触手可及，下临悬崖峭壁刀削斧劈，脚下虚空百十米望之令人生畏。远眺风景一览无余，尽收眼底，可以令人忘却身临险境，作平地信步闲庭之状。游客至此，有人先是胆怯，举步维艰，最后终被四周美景吸引，从蹑手蹑脚到昂首阔步，一路行来，大饱眼福。有人欣喜，一开始就昂首阔步，时而还停住脚步，指点江山，终至脚下生风，翩若惊鸿，大有一日看尽长安花的情状。

只要稍微读过几年书的人，都知道散文的特点是看似散漫，其实所有的铺陈和叙述都是不会离开全文要表达的主题。从灵江源的栈道下山来，站在马家坑村尾的景区仿古门楼前，回首刚刚走过、赞过、叹过的灵江源景区所有景观景致，"峰黛林幽，壁险栈奇，瀑多水碧"，这十二个字就是概括了整个景区的精髓。其实，这又何尝不像是一篇精巧绝佳的山水散文的妙构神思啊！

榉溪古村：古诗情怀

踏进古榉溪的村口，我就没来由地一下子喜欢上了这个藏在深山的村落。

八百多年的古桧树，八百多年历史人文积淀的古村落，在这个茂林深处的孔氏家族聚居地，成为"北有曲阜孔庙，南有婺衢家庙"的一大奇迹，这婺就是指的婺州榉溪孔氏家庙。悠悠八百年，穿村而过的榉溪水不知流淌走了多少历史尘埃，留下的是依然鲜活生灵的孔氏一脉在磐安的神奇经历。

安步当车，触目都是古色古香的烙有孔氏痕迹的人、物、事等的一切。古祠堂、古门楼、古戏台、古厅堂、古书院、古天井……如一张张记载了榉溪孔氏历史典故的金名片，在我们的走访和寻根问底中，纷飞而来，在这秋天的天宇下，连空气也顿时显得厚重起来。脚下是几百年来磨得发亮的古石子路，顺着村子主动脉一样的石子路两旁，不时延伸出去的是经脉一样的弄堂或小巷。走在弄堂里，一步就是一个故事，拐进小巷里，一扇门里藏着一个传说，所有的规则或不规则的叙述，都是为了丰腴整个村落历史的脉络和血管。

一处石子路砌成的台阶前，身旁是黛灰色的青砖墙，古朴高挑的马头墙，嶙峋地伸向村子的上空，身后是一条幽深的小巷。同去的游伴中有个女的，顾不得平时的矜持，一屁股坐在台阶上，让游伴赶紧把她和她身旁身后的景致拍下来。旁边游伴开玩笑说，可惜你身上今天没穿旗袍，不然，这张照片任谁看了都以为你在参演哪部民国影视剧里拍来的。是啊是啊！女的忙不迭地说，那我不就成了画中一景啦！那游伴接着说，其实你是当局者迷啊！自从我们踏进榉溪第一步始，哪一步不是景，哪一处又何尝不是画啊！

古人喻唐王维的诗之境界，"诗里有画，画中有诗"，其实古来绝大多数诗里，都是具备这种诗画一致的最高意境啊！八百年的古榉溪，历经几朝兴衰，看惯云起云落，唯一不变的是儒家恪守不渝的齐家治国平天下的经典传承，上下有别，尊卑有序，就像一首齐整的格律诗，该平韵就平，该仄韵自然换韵，前后连贯，一气呵成，因而也使得八百年来的古村落保持历久不衰的繁荣和兴盛。除此以外，还可以找出许多古诗意的诠释。一根来自曲阜的桧树枝条，信手插下，用以寄寓住在榉溪的安否决定，最终感动了上苍，一如枯木逢春，桧树萌芽返绿给了一个吉兆，这才有了八百年的榉溪孔氏。每一个站在必须数人合抱的古桧树下的人，不知会不会想到，这棵充满传奇色彩的古树，其本身就如李白的浪漫主义诗风！从邹鲁文化之邦繁衍于江南灵秀之地，必须求变和包容，榉溪孔氏后裔就像一个既能击鼓吟唱高亢的边塞诗歌，也能吸收并蓄积山水田园诗得以婉转悠扬，渐渐地，变为一位集大成的诗坛高手。

今天，每一个来古榉溪的人，榉溪都会毫不保留地敞开胸怀，把最古朴纯真、最本质无暇的一切，展示给所有的人。江南民居的风情画，江南人文的传承，江南风土的特色，仿佛一幅江南磐安山乡特色的《清明上河图》，尽情地晾晒在世人的面前。

徜徉在古榉溪的村头巷尾，眼里看到的是一幅画，心里沉淀的分明是一首诗，这就是磐安榉溪古村落巧妙运用诗歌意境带给游客的神奇效果。

磐水若龙佑民安

从浙中"养生福地"磐安回来，一直无法忘怀的是磐安的水。

走马磐安两天，得以见识了磐安千姿百态的水色水状、水势水貌，相别数旬后，脑海里萦绕不散的依旧是彼时彼境，无法释怀。假如一定要想出一个什么词汇来形容、描摹磐安的水色水态，我以为就像进入大观园，触目都是绝世美女，只是燕瘦环肥，各有千秋。

花溪景区是我的第一站，景以溪名，自然是以水为主。花溪的水感觉就像一位内心豪放，外表娴静的闺阁千金一样，既纯情无邪，又性格多变，喜怒无常。斤丝潭的瀑布顺峡谷直泄而下，俨然一种突围，是属于那种想冲破樊笼、向往无拘无束生活的写照。千米平板溪平坦如砥，淹没脚背稍高的水位，让游客可以坐在水里嬉游，也可以闲庭信步一样淌水漫游，甚至可以躺在水里顺水滑游。无论哪种方式，平板溪既像一个母亲揽儿女在怀抱，恬静、温柔，母性的天性在这里一览无余，更像恋爱中的少女偎在恋人怀里，陶醉、温存，爱情的缠绵和温馨，在每一个戏水的游客中，都可以深深体会到个中真味。两条从山上一路欢歌而下的瀑布，就像一个调皮可爱的小姑娘边走边歌，边唱边舞，自得其乐，在临近谷底深潭，才发现彼此的存在和威胁，于是，或以流量大倾泻而下，或以流速急直冲而下，一以气势胜，一以声响雄，双瀑争潭，倒不如说双瀑争雄来得贴切。

百杖潭景区相对于花溪景区的水，单纯一些，却更让人刻骨铭心。一道巨大的瀑布从山顶直奔而下，如天外飞龙，凌虚而下，气象万千，蔚为壮观。不知何故，一波三折，被天工神力折叠了两下，于是，本来如巨龙依山势屈曲盘旋腾空而去的瀑布成为三折瀑。气势从上到下，越往下越显强悍、霸气，大有冲破一切、扶摇上九天云霄的气概和声势。我想，这样的蓄积、迸发到虎啸龙吟凌虚而下，不正如一位妙龄少女从单恋、初恋，一直到热恋的所有情感的喷发，以至于爱情的火焰可以烧毁一切世俗和羁绊，冲向幸福的彼岸。

灵江源数里栈道俨然如绝壁上的云梯，登临栈道，凌虚揽景，极目远眺，远景近物，尽收眼底。隐藏在万顷林海中的一道道水流，时隐时现，时而如白龙腾跃在悬崖峭壁之间，时而如高人操琴只闻水声铮铮淙淙天籁入耳，令人遐思万千。灵江源是一处刚刚开发出来的新景区，尽管拥有凌空栈道、众多瀑布以及所在的王大坑古村落等许多奇丽美景，却分明有几分养在深闺人未识的感觉。忽然想起，如此"润物细无声"的幽雅美景和山泉涧水，灵江源不正像莲步轻移、佩环互鸣的小家碧玉吗！

榉溪孔氏家庙是个古村落，我们走在这个有着八百多年历史的南方孔氏后裔较为集中的聚居地，沧桑的旧马头，斑驳的老墙，踩得发光的石子路，村里随处可见几百年的厅、堂和旧居，连空气中也混杂了不知经历了多少岁月的略带寂寥的气

息。北有曲阜孔庙，南有婺衢家庙，就凭孔圣人三个字的名望和影响，榉溪注定要被人关注和拥戴。只有始祖孔端躬坟前那棵八百多年的桧树，寂寞了几百年，依旧不改风貌，不关风月，在坟前，无言地一如既往地恪守孝道。榉溪的水也是具备桧树的品格的，耐得住寂寞，看得惯闹猛，宠辱不惊，水波不兴，静静地，环着这个古村落，不离不弃，品德高尚，像一个守贞的节烈女子，护卫着榉溪的透彻和清誉。

一进入磐安城，映入眼帘的就是县城那一泓清流，玉带一样在大山夹峙的中间穿城而过，心里油然升起一种为磐安得到山水宠爱和青睐的羡慕心理。山因水厚重，水因山灵秀，磐安因为邀山水之幸，得天独厚，顿时令所有人的眼里心底变得诗意葱茏起来。

居住磐安县城的人，注定也是和水有缘的人，能够得到水之福祉的幸运人。每天晚上，枕水而眠，穿城而过的安文溪，哼着几千年不变的音调音韵，催眠着每一个人，做一个水色的梦，绿色无华，一尘不染。其他城市或许是小鸟叫醒了城市的酣梦，磐安，却是水的吟唱和痴情，唤醒了磐安的熟睡以及美梦。水主宰了磐安的灵魂，渗入了磐安的所有毛孔，从里到外，从头到脚，磐安始终都是水灵灵的，青翠欲滴，惹人心醉。

我的磐安文友、诗人吴警兵先生带点叹惋的口气，"磐安人称群山之祖，诸水之源，灵江、瓯江、曹娥江都是从磐安发源的，水是财，都流出去了。"我说你错了，你是身在磐安迷局之中，你跳出磐安去看看，磐安的山坞山谷山凹，凡是山的每一处角落，无不流淌着一泓碧水。远看，不管那一处，都宛如神龙腾跃，金蛇狂舞。那不是流出磐安的水，是留在磐安的中华之龙啊！正因为拥有这些长年盘旋飞舞在磐安的神龙，是它们的神威和灵异，一直在护佑磐安的子民，磐安才会成为避暑首选、养生福地。如今千里万里来旅游观光的客人云集磐安，这些四面八方的财源都奔着那些神龙滚滚而来啊！

通洲桥 曹聚仁的廊桥遗梦

通洲桥，位于浙江中部浦江县南乡塔山脚村（今属浙江兰溪）的梅溪上，为古时金华通往严州（今建德）的咽喉。原为木桥，建于清康熙年间，乾隆二十三年改为石桥，后水毁，道光三年重筑，六墩五孔，圆弧形石拱廊桥，桥长84.8米，桥面宽4米，桥墩用条石砌出分水金刚雁翅墙，拱券为纵联砌置结构。桥面用青石铺就，两侧设条石护栏，石栏高一米，堪遮风雨，桥上建廊屋21间，两端为重檐歇山式门楼，飞檐翼角，雕梁画栋，颇具特色。远看若长虹卧波，空中亭台，几疑人间仙阁；近看巍峨壮观，气势万千，宛若雄关耸峙。风风雨雨走过三百多年岁月的通洲桥，从通省要衢渐渐成了周边人们休闲乐游的场所，20世纪九十年代被命名为浙江省文物保护单位。

曹聚仁，一代报人，著名作家，这位杰出的中华儿女，20世纪的1900年，就出生在通洲桥北一个叫蒋畈的乡村里。父亲曹梦岐是当时县内有名的乡绅，因不惯时局及民众愚昧，就倾家所有，在村里办起当时浦江县内第一所私立学校——育才学堂，以图教育救国。天智聪慧的曹聚仁，很小就在父亲身边受到了良好的教育。从小就有文名的曹聚仁，课余时间最喜欢的事就是流连于通洲桥上，凭栏赏景，临水观澜，在百年大樟树下听听乡邻们讲古说今，增长见识。

时日渐久，一个模样俊俏、清秀端庄的女孩慢慢闯入了曹聚仁的心间，这就是桥南塔山脚村的王春翠。这位每天过桥去育才小学读书的女孩，渐渐地，成了当时情窦初开的曹聚仁心里一道独一无二的美丽风景。

1915年那个恰逢乡村收获季节的金色秋天，曹聚仁在这座有着数百年历史的通洲桥上启开了他和一代才女王春翠的初恋之幕。那个烁日炼金的傍晚，放学途中的王春翠被一身蓝衫的曹聚仁堵在通洲桥上，"你叫王春翠吧！我是曹聚仁，我常听到你在桥上读书，读得真好听。"听他介绍自己是曹聚仁，再听他夸奖自己的书读得好，王春翠脸红了。原来他就是少小有文名的校长长公子曹聚仁！王春翠一时待在那里，有些不知所措。还是曹聚仁打破僵局，"我陪你走一段路吧！"也不管王春翠是否同意，边说边走在前面，嘴里开始滔滔不绝地自顾自说起来，说读书，说理想，说人生。王春翠在他后面默默地跟着，嘴里不说，心里还是非常赞同曹聚仁的话的，毕竟年轻人的心还是相通的。桥上初次相识后，竟在两个年轻人的心里，种下了爱情的种子。分手之后，王春翠陷入了情网，对曹聚仁是日思夜想，曹聚仁更是深陷情潭难以自拔，以至于时常跑到桥北的挂钟尖上去目送王春翠往来桥上，有时就干脆找一些有王春翠名字的古诗词高声朗读，"春归何处？寂寞无行路。若有人知春去处，唤取归来同住。"直到1921年，有情人终成眷属，曹聚仁与王春翠在蒋畈喜结连理，成为一对令人羡慕的神仙眷侣。

这对年轻的神仙眷侣在婚后第二年到了上海，一边工作一边从事自己喜欢的写作。短短几年，曹聚仁在上海文化艺术圈里，声名鹊起，王春翠也出了一本以鲁迅先生定书名、曹聚仁作序的个人文集《竹叶集》。抗战爆发，曹聚仁以笔作戈，奔赴战场，做起了战地记者，大量的新闻报道、人物通讯和战地杂感，广为国内外著名中文报纸登载，累积成一代报人的辉煌篇章。在上海时，王春翠一直是曹聚仁的贤内助，协助丈夫创办《涛声》《芒种》等杂志，自己写作、编著文章等。由于曹聚仁和邓珂云的恋情，王春翠选择退出，一个人回到了他和曹聚仁相识、相知、相恋、相亲的故乡，毅然接过她公公曹梦岐创办的育才学堂的担子，投身到教育事业之中。

王春翠毕业于浙江省立女子师范，授业育人是她的本行，加上感情上的失落，使她把全部精力都投身于育才学堂的管理和发展中，使得育才在短短几年取得了更大的发展，增设了初中部，最多时学生超过 500 人，使育才这样处在一个闭塞山乡的私立学校，成为当时浦江县内首屈一指的学校之一。王春翠本人不仅得到学校师生的认可和肯定，连周边村子的乡民都亲切地叫她"王大先生"。

通洲桥犹如一个守诺有信的男子，数百年来寸步不移地耸立在梅溪上方。梅溪的水一如既往地在桥下浅唱低吟，这是自然的恋歌。每每看到通洲桥，桥上却看不到那个一袭蓝衫的熟悉身影，王春翠的心里总是一阵阵绞痛。晨光熹微中，晚霞满天时，王春翠总是一个人茕茕独行在通洲桥上，神驰万里，奈何情无寄处，只有通洲桥宛若一个宽厚长者，无论酷暑，无论寒冬，默默拥她入怀，为她遮风避雨。

　　曹聚仁也不是寡情之人，身在香港，心系通洲桥，一辈子对王春翠以爱妻、知己和朋友相待，即便后来长居香港谋生，经常写信问候，关心王春翠的生活。20世纪50年代末，他还把王春翠的文章介绍到海外发表，1959年曹聚仁应邀回北京参加建国十周年庆典，专程派上接王春翠到北京相聚，拍下了两人在世的唯一一张合影。离家数十年，曹聚仁几次想回家乡，终未能成行，只能写诗述怀，"竹叶潭深留旧网，挂钟尖外送飞霞"。挂钟尖是通洲桥北一个小山坡，竹叶潭就在山脚，这两处站在通洲桥上可以眺望的家乡风物，不仅仅代表着家乡，更是曹聚仁和王春翠爱情的见证啊！

　　1972年的秋天，曹聚仁在澳门逝世，经周恩来总理特批，一代报人、著名作家、知名爱国人士曹聚仁，这位梅溪的好儿女，终于得以魂归故里。得悉噩耗的王春翠，默默地来到通洲桥上，久久不忍离去。王春翠扶栏长息，悲痛欲绝，她魂牵梦萦的爱人，她一辈子牵挂的心上人，再也回不来了。此后，王春翠依旧守在通洲桥边，只是心如槁灰，唯一的生活寄托已经随曹聚仁而去，留给她的只剩下当年两个人通洲桥上的青春年少、神采飞扬，婚前婚后的浓情蜜意、鹣鲽情深。1987年，因病逝于浙江萧山长孙女曹璨家的王春翠，骨灰安葬在蒋畈曹家墓园，一代才女魂归故里。一对有情人最后只能执手于九泉之下，实在令人扼腕长息。

　　百年前的1915年，一对情窦初开的青年男女在百年古桥通洲桥上，启开了一代才人的旷世恋情，只可惜沧海桑田，造

化弄人，两情相悦的恋人，最后只剩下通洲桥上的守望和相思。百年后的今天，早已物是人非，白云悠悠，梅溪汤汤，只有巍峨雄峙的通洲桥，满树葱茏的古樟树，翠华重重的挂钟尖，依然静静地立在原地，默默地向着世人印证和述说着这段美好而带点凄婉的恋情。

大佛寺与几句熟语元素

对联：人过大佛寺寺佛大过人；客上天然居居然天上客。

得到通知说去金东大佛寺采风，我的脑子中就浮现出"人过大佛寺寺佛大过人，客上天然居居然天上客"这句话。据说这副对子上联是一位文士出的，下联是大学士纪晓岚对的，正当纪自以为对得不错时，那位文士说了下联"僧游云隐寺寺隐云游僧"，纪晓岚自觉不如。

江浙多名胜，寺庙尤是。大佛寺浙江就有两处，新昌大佛寺和金华曹宅大佛寺，这两处我都没有到过，不过我都有所耳闻，周围的朋友也有实地一游的，赞誉颇多。尤其金华大佛寺，因在金华小住过一段时间，对大佛寺可以说是闻名遐迩，其间有友人也曾邀请一游，总因诸多原因未及成行而抱憾。

查了资料得知，这两处都是名刹古寺。新昌大佛寺位于新昌市城南 1.5 公里的石城山谷中，南齐永明四年（486 年），有僧 3 人前后相承，历 30 年辛劳，于梁天监十五年（516 年）就崖凿成硕大石佛，俗称大佛寺。石佛身高 13.2 米，座高 2.4 米，面部长宽各 4.87 米，目长 2.1 米，眉长 2.5 米，耳长 2.7 米，鼻长 1.9 米，嘴宽 2.08 米，手长 4.1 米，掌宽 2.08 米，足宽也同，两膝跏趺相距 10.6 米。石佛虽不及四川乐山大佛之高大，但也称雄江南一带。金华大佛寺位于离金华 20 公里的曹宅镇北郊，俗称"石佛寺"。据光绪《金华县志》记载，旧名"赤松岩寺"。南朝梁武帝大同六年（540 年），僧道琼止于山南，闻金石梵呗之音，缘岩而上，见大石佛一躯，高六丈，趺坐俨然，因是建寺，距今已有近一千五百年历史。

此次采风就是前往金华大佛寺，"寺佛大过人"，这"高六丈"的石佛何止仅仅高过人，想来自此和大佛可以近距离接触，可以完完整整地领略这巍然耸立近1500年历史的大佛风采了！

俗语：天下名山僧占多

出曹宅北二公里，一条水泥路蜿蜒伸向两山夹峙的峡谷口，谷口雄峙着一座古色古香的仿古城门楼，车子只好从城门洞鱼贯而入。一出城门，豁然开朗，已到了另一处树木森郁、视线开阔的山谷，顿时让人想起晋陶渊明《桃花源记》中的描述："……初极狭，才通人，复行数十步，豁然开朗……"站在谷口，清风扑面，清新爽人，大自然的原汁原味气息，全然不带一丝人间的烟火之味。正对面山坡上，一座如塔的建筑巍然耸立，画梁彩栋，斗拱翘檐，直插云霄。大门上方擘窠巨匾"罗汉堂"，旁边有人说那里安放着五百个玉雕的罗汉佛像，故名，亦叫"玉佛阁"。这仿古城门楼洞俨然时空隧道，把我们一行人顿时从人间带到了仙境。

展目四顾，山上松林如麻，谷底曲水流觞，修竹亭亭，一条新修的鹅卵石路屈曲如龙，蜿蜒伸向不知所终的山谷深处。我们安步当车，顺着石子路走向山谷深处，小桥流水，亭台楼阁，竹秀林茂，花香蝶闹，几疑走入苏州园林。

　　树木越来越茂密，景色益发显幽深，正是：林深不知处，偏闻梵呗声。正当我们都沉醉在世外桃源般幽雅景致时，从浓荫深处飘来的木鱼声声，让我们顿时醒悟，千年古刹就要到了！

　　果然，石子路尽头一座青石牌坊迎面而立，古色古香。牌坊后已是挂着"大佛寺"三字巨匾的山门，进山门，山势渐次向上，拾级数十步，道旁赫然见数十米高的露天巨佛——弥勒佛，正对我们笑脸相迎。站在佛前，透过合抱粗的古树间，已隐约见大雄宝殿的雄姿。拾阶而上，树荫间陡见平地上百亩，放生池在大殿前碧水涟涟，游鱼历历。大雄宝殿巍峨壮观，屋檐高翘直插云天，殿后过三乘桥，才是巨岩下"大石佛一躯，高六丈，趺坐俨然"的大佛，宝相庄严，气势肃穆，至此人人顿觉心宇澄清，无丝毫杂念。是佛？是境？想来应该是两者皆有吧！

　　寺后陡岩百丈，耸然而立，直插云天。寺东西两侧岩下，则为罗汉堂，传说中的五百铁罗汉已不见踪影，现东西两侧各塑九尊罗汉，应十八罗汉之数。罗汉堂边有石阶屈曲盘旋而上，是通往山顶的唯一通道。

　　我们拾阶而上，手攀足蹬，气喘吁吁，才爬上山顶。站在山顶，清风扑面，岩高林密，白云缭绕，正如宋词人于石诗曰："丹崖翠壁数千尺，绝顶僧房三四间。老树依岩岩依屋，白云飞去又飞还。"俯瞰山下，铁堰水库如明珠镶嵌在富有丘陵特色的山水之间，翠绿含黛，仿佛天上掉下来的一块翡翠。其余村落屋舍，田畴阡陌，几疑天外来客。回首来时的山下，浓荫蔽地，

隐约见大殿伸出林外的檐角，若隐若现，直疑仙境蓬莱！

一行人坐在山顶，我忍不住感慨："这大佛寺风景如此绝美，堪称是人间仙境！老话说'天下名山僧占多'，真是一点不错啊！"

旁边一位文友却说："天下和尚舍弃七情六欲，割断一切尘念，虔心苦修，人间一切美好东西都没法享受，无非一片佳山水，也并不为过啊！"

思忖之下，也确实是这么一个道理，吾辈就是因为割舍不了凡尘种种，才……我不禁默然。

古诗：惭愧阇梨饭后钟

我一直以为原文是"懊悔和尚饭后钟"，这次听了大佛寺的钟声后，才知这句话的出处。五代王定保《唐摭言》记载，"相传唐王播少年孤贫，客居扬州惠明寺木兰院随僧斋食。日久众僧厌恶，故意斋后才敲钟。王播闻声就食扑空，因题下'上堂已了各西东，惭愧阇梨饭后钟'两句诗"，后遂用作贫穷落魄遭受冷遇的典故。当然，这和今天大佛寺的钟声是风马牛不相及。

中午近12点，正在大殿旁休息着和文友们闲聊的我，突然听见大殿东侧的厢房门口传来一种金属的撞击声，"当当……"抬眼看去，一个僧人正在敲击门外悬挂着的一块近乎两块古代刀币合在一起的金属片，声音清亮。旁边有人说："可以吃斋饭了"，原来这就是僧人的'饭前钟'了。

随着大伙一起涌进那间厢房，只见先到的已从里边厨房里双手端出一饭一菜，坐到饭厅中的凳子上，把手中的饭碗、菜碗及筷子整齐放好，静坐不动。待大家坐得差不多了，木鱼声响起，随之有僧人高声诵经，旁立的僧人也合掌俯首默念。我也照样学样，合掌敛目默坐。这时发现，居然有六七十人之多。在场的人大多合掌坐着，只有极个别好奇的低声在议论。数分钟后木鱼声、诵经声戛然而止，有人在旁提醒："可以吃了！"于是众人都端碗执筷，菜是素菜，春笋、莴苣等三四样杂烩，碗中饭吃完可以自添，另还有豆腐乳佐餐，纵然如此，亦足见僧人平日生活清苦也！

我这个凡夫俗子，平日嗜好鱼肉，至此也不得不素食且甘而饴，入乡随俗！只不过怎么也想不到这次采风，会吃到一顿真正的素斋。早知出家人清规戒律很多，想不到连吃饭也这么烦琐，实在叫人大开眼界。转念一想，这出家也确实不易，难怪这世上如我一般凡夫俗子比比皆是，而高僧活佛则如凤毛麟角啊！此前只是耳闻，及在书中看到过，这次却是亲身经历了，纵身不愿因新奇颇感心悦也！

古诗：在天愿作比翼鸟，在地愿为连理枝

每一个到过大佛寺的游客，都可以在寺西侧的山上发现一个奇特的现象，这里的树无论槠、枫等，一根孪生两枝的特别多，原来这就是大佛寺堪称一绝的奇景——鸳鸯林。

鸳鸯者，成双成对，寓意美满和谐。可惜大佛寺的鸳鸯林

有一个凄美的传说，相传山外曹宅有女艳美无双，和邻村一饱学秀士结为连理。谁知曹女之美貌声名远扬，传到了当时路过婺州府（即金华）的八府巡按，命地方官强征刚刚新婚的曹女进金华府衙。无奈，小夫妻只好逃到大佛寺内，请求寺僧保护。一路追来的官兵很快赶到了大佛寺，小夫妻只好躲进树茂林密的山中，循声追至的官兵怕树大林深，遇到危险，就围着树林往里放箭，可怜小夫妻被活活射杀在树林里。

官兵走后，寺僧在林子里看到了惨不忍睹的一幕：小夫妻紧紧相拥，浑身上下被钉着好多箭镞，刺猬一样，后来家人下葬时怎么分也分不开，只好一起下葬。次年合葬的坟上居然孪生出两枝绿芽，成了一树双枝的连理树，而从此以后，这山上山下，居然破土而出许多孪生的树，一条根部只生两根枝叶，茁壮成长。日积月累，这大佛寺周围的山上，随处可见这一株株双枝的鸳鸯树，大佛寺也因此拥有了华夏一绝的独特景观——鸳鸯林。现在山上最大的鸳鸯树单枝已需一人合抱，听人说已有数百年树龄了。

我站在被人挽了红纱巾的鸳鸯树前，久久不语，这是山上最大树龄、最高的鸳鸯树了，不知是不是那对苦命的鸳鸯小夫妻幻化而成，让世人见证他俩亘古不变的爱情。山上山下，随处可见大大小小的鸳鸯树，其间有很多被人为地系了红纱或红线，显然，是那些情投意合的有情人特意来鸳鸯林系上的，借以见证他们与众不同的爱情吧！执子之手，与子偕老，想来古今皆然也！

俗语：酒香不怕巷子深

金华大佛寺从公元 540 年高僧道琼遇佛建寺，迄今历经唐、五代、宋、元、明清等数个朝代，凡一千四百余年，虽几经兴废，但依旧佛殿巍峨，佛像庄严，佛迹灵验。这是一部关于佛教兴衰的传世之书，也是一部活着的社会变迁发展志书，这也就是大佛寺的前世。

大佛寺的今生，欣逢盛世，国泰民安，政通人和，人民安居乐业，于是八方信士咸集乐捐，让大佛寺重焕青春。辟道路，植花草，筑楼阁，修佛殿，使大佛寺俨然成为一处世外桃源，佛界胜境。以前的一邑名胜，如今闻名遐迩，声名远播。譬如今天，除我们采风人员外，寺里寺外，人头攒动，游客络绎不断。信口一问，有来自曹宅附近乡镇村落的，也有义乌、武义，甚至远至龙游、杭州的，乘周末大好晴日，慕名前来一游大佛寺。

显然，如今的大佛寺已如天外飞仙，正被人慢慢撩开覆着的面纱，她那绝世艳容的光芒，也渐渐向外散开去，由近而远，越传越远。大佛寺的奇景仙迹会有越来越多的人被吸引而来，并流连忘返。

酒香不怕巷子香，把整个大佛寺景区这坛存放了一千四五百年的美酒继续酿下去，不断开发，努力创新，完善景区各种服务设施，假以时日，大佛寺很快就会和金华双龙洞、黄大仙一样传遍八方，誉满神州，名扬世界。

相约义乌市场

可以这么说，义乌市场从一个青涩少年到如今的黄金年华，我是陪着她一路走过来的，见证了义乌市场发展历程中非常重要的一段时光。

20世纪80年代中期，我在老家山区一所乡初中做代课教师，有天几个朋友小聚时，商量一起去义乌发展。据说义乌市场当时一个摊位的年租金只要一百八十元，结果，四五个朋友只有一人凑得起二百元钱，只好作罢。这使得我和刚起步不久的义乌市场失之交臂。

缘分似乎是上天注定的，十年后的1998年，我成为县城一家副食超市的打工总管，其中一项就是负责监督到义乌市场进货。第一次走进宾王副食品市场时，我被她的气派震住了，几千家做副食批发的经销商，成千上万的各种琳琅满目的商品，我相信每一个走进市场的人，都会眼花缭乱，叹为观止。说句不怕难为情的话，开始几次，在纵横交错的通道里，时常找不到出口和来时的路，我几乎在市场里迷路。

我记得那时的市场里，有独立一间店面的，也有生意做得较大，两三间相连店面的。这些商贩相对货物品种齐全。也有很多起步不久、租一个一米多的摊位经商的，除了留一道尺许宽的通道外，只有中间放一条凳子，四周全堆满各种货物，有的人进去后，连通道也堆了货，个子矮一点的人，不走到摊位正前面，根本看不到中间有人，远看，就是高高低低一堆货物。

　　到了 2000 年，我决定自己创业。为了怕人说我从别人的副食超市学到本领，翅膀硬了就单飞，我决定实现我自己从小的理想，开一家书店，考虑到光书业恐怕能以维持生计，就决定在书店里兼营文具办公财会用品。

　　文具图书是我原先就职的超市不曾涉足的，一切意味着从头开始。记得当初做出这个决定的时候，义乌副食市场几个老板朋友都劝我开副食超市，并说创业资金帮不上，三万五万的货随时去市场拉。我婉谢了他们的好意，还是决定走自己的路，身边只有两千块钱，找朋友们再凑了一点，就义无反顾地来到位于篁园路的小商品市场和春江路的办公文具一条街，开始创业。

　　记得我最初走进春江路时，拎着一辆出门装行李的那种几根钢管焊接的行李车，走东家串西家，进货也不多，也常常吃到了一些老板的白眼和明显的不屑。不过，所幸合作的老板大多是好人和热心人，劝导我不要急，慢慢会做大的。有的还用自己的创业经历来鼓励我，他们说在义乌做到有店面也是不容易的，最初是摆地摊，还被人赶来赶去，后来义乌专门辟了市场，他们先租一个一米左右的摊位，开始摆摊，再后来两米、四米，慢慢地租赁面积更大的店面。生意由无到有，从小到大，渐渐地就会越来越好。

　　诚如市场里几位热心老板的预言，加上自己的诚信经商，热情服务，我的生意很快上了轨道，一天天好起来。义乌市场里我也跑得更勤了，从一个月到半个月，后来基本上是一周一

次去进货。

在篁园市场和春江路进货不久，越来越繁荣的市场只好进一步细化，开枝散叶，办公文具用品市场迁移到都是店面的义驾山一带。一时，义驾山周边几条街都成了办公文具的海洋，我随着市场挪窝到义驾山市场进货。

开了几年店后，为了进货、送货方便，我买了一辆五菱面包车，自己直接开车去进货。很快，我忽然发觉我的变化远远赶不上市场发展的变化，原来办公文具市场又要搬家了，这次却是搬到设计最科学、设施最先进、设备最完善的福田国际商贸城。记得原先在篁园市场的外墙有几个非常大的字"中国小商品市场"，记忆犹新，现在变成了"国际商贸城"，无疑是昭示这些看似微不足道的小商品要从义乌市场"启航"，漂洋过海去闯荡国际市场，走向全世界了。

坐落在义乌福田的国际商贸城不愧为现代商业态势的一种范本，从一期到四期、五期，不仅内部设施设备时尚超前，更让人叹为观止的是，除了副食以外，所有的轻工产品都可以从这里一站式采购，所有店铺都是超市一样敞开式布货，对批发、零售都是一样简便实用，每一个来到市场的客商、游客，都觉得方便、贴心。货物之多，简直无法用数字来说得清。曾经有人问我，义乌商品多不多？我说，按理杭州是浙江省会，什么东西都应该买得到，现在我以杭州为例，杭州有的，义乌市场肯定有，杭州没有的，义乌市场也有。义乌国际商贸城里有多少个经商的摊点，我有个在义乌媒体就职的朋友向我出过一道算术题：每天给你八个小时逛市场，每个摊点前面只允许你停留一分钟，逛遍市场里所有摊点，需要真正一年时间，算一算共有多少个摊点。我彻底晕了。

人说三十而立，义乌市场从无到有，从马路市场到拥有走向世界的国际商贸城，不仅如此，义乌市场的成功模式在全国各地安营扎寨，落地生根。许多城市的义乌市场成了和义乌本土市场莲藕一家，呈现蓬勃发展趋势，越来越繁荣兴旺。

每个月总有几天，继续走在宽敞明亮的国际商贸城，不由得感慨万分，想不到义乌市场走过了三十年，我却有幸陪着她一起走过了后面的一半时间。于人而言，这是一段非常重要的岁月经历，从一个十几岁的懵懂少年到一个三十而立、拥有绝对空前事业的成年汉子，进入人生最辉煌的黄金岁月。人如此，市场亦然，三十而立，相信义乌市场以后的步子，一定会更加稳健，更加辉煌。

金华三洞的奇幽玄

金华多名胜，北山有仙境。

金华北山的名胜古迹，名气最大的莫过于三洞：双龙洞、冰壶洞和朝真洞。前两者，因为叶圣陶先生的《记金华的两个岩洞》，堪称名闻天下。一篇雄文，引得天下无数喜游乐游的仁人志士竞折腰。江山还须文人捧，金华两个岩洞堪称这句老话的最好诠释。

金华三洞我都有幸到过，除了具备我们常见的石灰岩溶洞的奇观美景外，概括其三洞与众不同的景观，我以为可以六字以蔽之，那就是双龙洞的神奇、冰壶洞的幽绝和朝真洞的玄妙。

双龙洞的神奇，每个游客在进洞时足以体验，平躺小船，哪怕稍作抬头，恐怕就得额头出血鼻子擦平。大自然如此神工鬼斧，让人力在它面前，只能叹为观止。一进洞内，灯光迷离中，洞顶一如天宇穹空的洞壁上，隐隐有两条神龙，翻滚腾跃在赭黄的云层之间，自远而近，终于使两条神龙的龙首在临近洞口之际相会，咫尺之间，遥遥相对，成定格之势，天成地设，又一处令人工无法比拟的自然神力。

冰壶洞俨然深山里的隐士，在双龙洞奇景的深处，突然有水声隐隐传来，渐行渐响，陡然如雷声响在耳边。这时，你会陡觉眼前一亮，一道白光从天而降，宛如银河倒挂，匹练凌虚，这就是冰壶洞最令人叫绝的瀑布。三山五岳，大小瀑布宛如恒河之沙，数不胜数，千姿百态，难以一一用言语述说得清。冰壶洞内的瀑布一如隐居山野的高士，俨然脱俗出尘，不张扬不炫耀，蛰居在地下洞府，芳香自吐。幽深洞府，宛如冰河倒挂，被有意无意地有缘者遇上，大有暗香浮动月黄昏的惊艳感觉。

　　叶圣陶老人在他的名文中提及缘于年老力弱，故无法涉足三洞之中的朝真洞，这是朝真洞的遗憾，也是叶老留给我们后人的机遇，让我们得以履足朝真洞后，可以指手画脚评头品足。朝真洞在接近北山顶峰的海拔 800 余米，相传是黄初平黄大仙修道成仙的洞府，自然后来还有许多后继者接踵而至，欲借宝地修真升仙，竟然没有一个如黄大仙般修成正果。道法自然，讲究缘分，或许这也可以说是佐证。

　　从黄大仙祖宫附近的鹿田湖边拾级而上，两旁绿树葱茏，一径蜿蜒其中，几百米的石阶，几疑远上白云间。云径尽头的树荫间，隐隐有屋舍俨然，便是朝真洞前的朝真观到了。不妨在观前稍事休息，喝杯观里的高山茶，听听观里道长们的说法，未雨绸缪，会让你对朝真洞的神秘玄妙，平添几分兴趣和好奇。

　　朝真洞距离朝真观不过几十米路程，一条蜿蜒曲折的山道，斗折蛇行地通向树林深处，远看，树木森郁，看不见路尽头的所在，偶尔几缕云岚飘过树梢，增添几分神秘。洞口前面很开阔，高低群山，一览无余，很让人有一种把一切踩在脚下的气势。

　　回身看洞口，岩石狰狞，当头一巨大石梁横架洞顶，如拱

门大开，幽深的洞体，看不到尽头，站在入口，似乎没有深洞阴森幽绝的感觉。冬暖夏凉，是大多溶洞的妙处，朝真洞也不例外。入洞就见两个支洞，顺着一个冠名"石花洞"的支洞进去，一路危岩巉崖，奇峰怪石，高低参差，俯拾皆是。不长时间，来到一处相对空旷的地方，估摸着差不多已经来到洞府的腹地。这里一片寂静，唯一听闻的就是我们每个人的呼吸，或重或轻，粗细各不相同。

体验朝真洞神奇玄妙的时刻就在这个神秘所在，至此，不妨找个地方，席地坐下，平时有盘腿习惯的最好盘腿坐下，放松身心，抛弃一切俗念，凝神集思，意念凝注在丹田之处，长长地吸一口气，悠悠地呼一口气，如此循环，不疾不徐，顺其自然。感觉双腿有些酸痛，就站起身来，这个时候，你就会发现，仅仅默坐了十几分钟或几十分钟，你的身体就有了惊人的变化，神清气爽，心宇澄明，全身上下，仿佛刚刚经过沐浴一样，心情舒畅，精力充沛，前后判若两人。

听朝真观里的道人说，朝真洞和钱塘江大潮、四川峨眉山、古埃及金字塔等世界上许多难以解释的自然现象一样，地处北半球同一条纬线上。这一纬度上似乎有一股神秘的力量，传说能直通宇宙须弥金山密严佛国，是当代科学无法解释的，这也是全世界一致公认的科学难解之谜。这也让人为之释怀，洞内静坐片刻带来的身心神奇变化，真的不是个人的臆想或心理原因，千真万确是朝真洞的玄妙之功。

从朝真洞返回后，我曾几次效仿在朝真洞内一样打坐，结果似乎并没有出现在朝真洞内的神奇玄妙，令人不得不对朝真洞的玄怪，这份大自然赐予金华北山的鬼斧神工，叹为观止而夙夜向往。

三访神坛

近五年来，我已经是三到义乌神坛村了，因为冯雪峰。

冯雪峰的大名可以说是如雷贯耳，既是著名左翼作家、诗人，还是老红军出身，一个无私的革命家。他还是鲁迅先生的学生和战友，一度还是当年共产党和鲁迅先生之间的联络人，把自己宝贵的一生都献给了年轻时就选择的革命事业。年岁渐长，也知道他是我邻县义乌南面的赤岸神坛村，只是碍于奔波生计，一直没有机会去冯雪峰的故乡走走。

2008 年，有幸参加浙江小小说义乌笔会，期间大家选择了去朝圣作为文学先贤的冯雪峰先生的故乡，我也有生第一次踏上了神坛——这块神奇的土地。未进神坛村，心里奇怪为什么村名叫神坛呢？经了解才知道神坛这个村名是颇有来历的，这个原本山清水秀的小山村，因为有得道的先民在此筑坛，降妖除魔，还却了村民满目青山绿水才得名的。

一脚踏进神坛，我的心里就莫名地喜欢上了这个山环水绕的秀丽山村，村前曲水流觞，村后翠峰如屏，尤其是走进冯雪峰故居的木结构两层小四合院，一种久违的亲切夹带着山野的清爽气息扑面而来，顿时让我有一种回家的感觉。想起我的老家村落，也是坐落在这样山清水秀的群山环抱之中，从小到大，我在这样带着原木清香的木结构楼屋里，生活了整整三十多年。时至今日，我离开家乡快二十年了，老家的一切，不仅仅是记忆和怀想，早已成为了一种诱惑。唯一不同的是，这里走出了一代文豪冯雪峰，因为冯雪峰，只有四五十户人家的神坛村名动天下。而我的老家和神坛周围的村落，依然是养在深闺人未识，默默无闻，一如村边屋角的野花，寂寞地绽放凋零，可见地因人显，古今皆然。

如果说第一次仅仅因为是慕名瞻仰冯雪峰的故居和墓地，第二次的到访，已经有了对冯雪峰更多的了解。第二次到神坛是在 2010 年的仲秋，这个金风送爽的好季节，因为参加浙江省作协在义乌举办的年度信息工作会议，会议结束后，大家相约来到了神坛，我也得以再一次瞻仰了冯雪峰先生的故居和墓地。

冯雪峰这位学生时代已经名噪一时的"湖畔诗社"主要发起人和骨干之一的文学先贤，还是一位为革命鞠躬尽瘁死而后已的革命家。在中国共产党成立只有五六年之际，他在白色恐怖中加入了中国共产党，后返乡做党的地下工作，受当局通缉后返回上海继续党的地下工作。在上海与鲁迅、柔石等一起组建中国左翼作家联盟，并担任"左联"党团书记，为国家和民族的解放不顾自身安危，积极工作，后又参加了举世闻名的二万五千里长征，长征胜利后，受党的派遣，继续到上海开展工作等。期间也返回义乌创办补习班，培养抗日骨干。曾被囚于江西上饶集中营，在狱中不屈不挠，继续战斗，即便新中国成立后长期受到不公正待遇，他忍辱负重，继续编译著作。可惜天不假年，壮志未酬身先死，一代文骄在 1976 年 1 月含恨而逝。纵观冯雪峰先生一生，堪称革命奉献一生，奋斗一生。

　　2013 年是冯雪峰先生诞生 110 年的纪念年，义乌作协打算编撰一本纪念冯雪峰先生的集子，我也有幸第三次踏进神坛这块充满灵气和神奇的土地，得以再一次瞻仰内心敬佩的先贤故居和遗容等。

　　这次到访神坛，还得悉冯雪峰故居和墓地已经列入义乌乃至金华市廉政教育基地，这真是一个非常好的创意。假如我们这些后来人，能够学习冯雪峰先生那一代人朴素执着的革命理想，为民族的解放独立以及百姓的幸福生活献出一切，何愁中华民族不振兴、十几亿百姓不安居乐业过上幸福生活？面对冯雪峰先生把一生都奉献给我们的祖国和为人民谋福祉的事业，每年几十万到访神坛的人群中，不知又有多少人心里坦然，几多人心里愧疚。就如我们这一次采风的文友中，有多数为当地作家协会和文友奉献以及无偿付出的，也有只为了捞取名声位子而丝毫不作为的。站在冯雪峰先生的铜像前，除了反省自己的不足外，那些沽名钓誉的就应该忏悔。

　　从冯雪峰先生故居出来，踏上翠柏为栏、卵石铺就的石子甬道，拾阶而上，村后的一个小山谷，百年古松下面，碧草丛中，一块前总理朱镕基先生题写的石头墓碑，这就是冯雪峰先生简简单单的墓。一生为革命，两袖清风，死后碧草巨石做伴，清风明月为友，清白留世，这就是一代先贤的心胸和情怀。诚如后人总结冯雪峰先生一生的挽联。"忠于党为人民出生入死五十有五年，过草地翻雪山策马扬鞭二万五千里。"（赖少其）"人似青松雪中直，事如芳草春常在。"（癸未江雪）

　　站在冯雪峰先生的墓地前，眺望远处连绵起伏的群山，充满对先贤的无穷景仰和无限敬佩，我在心里对自己说，神坛，我还会再来的，因为冯雪峰，更因为冯雪峰先生的精神，以及许多和冯雪峰先生同一代人身上所具有的民族血性和凛然正气。

去长乐赴三年之约

三年前和几个文友游诸葛八卦村时，看到了"诸葛长乐村民居"那块全国文保单位的石碑，当时就想着去长乐畅游一番，终因时间关系作罢，但心里一直为了那次爽约而念念不忘对长乐的神往。

新年伊始，承兰溪市作协的大力促成，把我们首届浙中小小说笔会安排到长乐村举行，正好让我有如愿以偿的机会。

一大早兴冲冲驱车两个小时，赶到了兰溪文友刘会然约定见面的地方，抬头赫然一古色古香的石牌坊，牌坊上镌刻大字"长乐村明清建筑群"，原来我们已经站在我三年来一直向往的长乐村村口了。我转首四顾，除了眼前的石牌坊带点古意，显然也是人为的古意，周围都是现代文明标志的钢筋混凝土结构的房舍，连脚下通往村中的路也是宽敞平坦的水泥路，心里顿时疑惑自己这次出游会不会是一个错误的选择。所谓的现代文明到处蚕食古代人民留存下来的许多经典杰作，幸存下来都是凤毛麟角。长乐村不过一僻壤山乡，能带给我们惊喜的可能性又会有几分呢？

既来之则安之，抱着这样的心情，我们安步当车走进村里，只是心里仍不免忐忑。还好，走了不过百来米，一些传统的江南民居建筑出现在我们的视野里了，粉墙黛瓦，个别的还有马头墙高翘，只是白墙亮得耀眼，显然是近年整修的。我的心里依然提不起多少兴致，现在许多地方搞一些古迹游，本来还有一些原生态的古意浓浓的东西，结果里外一整修，反而古不古今不今弄得不伦不类，平时我就很不喜欢到这种地方游览。

意外地发现村里居然还有专职导游，她说先带我们游村里最重要的景点——金大宗祠。从一幢长长的二层楼中间的大门进去，我们一行人顿时都被眼前的巨大古建筑吸引住了眼光，我的心头为之一震。前面一座很高大的古门楼，雕梁画栋，飞檐翘角，斗拱外挑。退后一步望去，整个门楼像一只展翅欲飞的雄鹰，栖停在几根需人合抱的粗大的柱子上，使得整个建筑恢弘壮观，气势非凡。原来这是长乐村金氏家族的总祠，在全村的建筑中地位最高，建筑也特别讲究。原先的整体布局为回字形，现只有这中间的正厅保存完好，但仅从正厅的恢弘建筑中，我们就可以想象得到，当初的整个宗祠是何等的气势宏大，建筑精美！

至此，我也得知，长乐村为金姓聚居地，尤其十一世祖金履祥是著名理学大家，是闻名遐迩的浙东学派的中坚人物，一代名儒。长乐村还是明朝开国皇帝朱元璋和一代神相刘伯温、明朝开国文臣之首宋濂等君臣初相会的福地。走进金大宗祠之后，我仿佛才真正打开了长乐这本被历史尘埃掩盖了几百年的古书。

望云楼，是江南稀少的元代建筑，与众不同的是，楼下简陋低矮，楼上却别具洞天。非常宽畅的开间，雕梁画栋，墙上还有壁画，坐在厅上，正对着天井外的朗朗青天，想必坐在厅上的人一定容易心情舒畅。尤其难能可贵的是，正中还有一块明宋濂题的"望云"大匾，加上现在很难见到的明代独有的高厅低屋建筑结构，确实堪称"江南黄金屋"、"一楼值千村"的美誉。导游介绍说，这种高厅低屋的明代建筑，体现了封建社会妇女地位低下的状况，如果厅在楼下，楼上住人，则妇女上楼就会把男主人和客人踩在脚下，所以那时候造房子就把住房和厨房安在楼下，楼上作为会客的大厅。我有些不以为然，江南地气潮湿多水，主人造房子就考虑这个问题，故把会客议事的大厅设在楼上，侧厢可以做卧房、书房的，实在是非常科学。

而到了滋澍堂这座保存完好的清代建筑，就变成了低厅高楼了，和望云楼刚好相反，这里楼下的厅很低，楼上的房间却很高，建筑同样精美绝伦，令人叹为观止。不过，这也和我前面想的有些矛盾，两个朝代两座截然不同的厅堂，或许这体现两种建筑风格只是因为时代的原因？但这似乎是一个难解的谜，凭我们这样蜻蜓点水般的游览，显然是找不到谜底的。

随着导游的脚步，我们在宛如迷宫的长乐村上百幢古建筑中穿行着，和厅、嘉会堂、龙亭、滋澍堂、进士牌坊遗迹、贞节牌坊、北斗七星古井、日塘、月塘、元桥等，一处处古物古迹，像一串熠熠闪光的珍珠，散落在长乐村的街头巷尾，发出迷人的光芒，诱惑着我们这些来自全省各地的文友，丈量着几百年前长乐村先民的智慧，瞻仰着几百年来金氏家族费尽心思保护下来的这百来幢古建筑，感受着古建筑的精美、古风俗的淳朴和古村落的宁静带给我们的视觉盛宴！用我们的脚步，用我们的惊奇和感叹，用我们对长乐村先人的敬仰和钦佩，用我们由于感动而无比激动的心绪。

　　站在最后到达的景点元桥时，回首暮色中炊烟四起的长乐村，想着这一路行来应接不暇又各具特色的景致，我的心彻底被折服了。元者，一元复始也！来前朋友介绍说长乐村这个景点刚整修完毕，还没有正式对外开放，我们是第一批客人。我倒以为，从我们开始，就像时间也是新年伊始，真心希望长乐村这个养在深闺人未识的人间福地、行游胜境，从此以后万象更新，早日名动国内外，成为许多旅游者的首选佳地！

渐入佳境的地下长河

自从去过贵州几个地下溶洞后，我对溶洞颇有黄山归来不看山、九寨归来不看水的意兴阑珊之状。这次冒着酷暑去浙江兰溪的地下长河，只是出于好友相约，盛情难却，再就是觉得现下正是浙江突破六十余年高温纪录的最热时候，不知道深入地下的溶洞会是怎样一番景象，如此初衷而已，于是我踏上了被誉为"全国洞府航游之冠"的神奇溶洞之旅。

一个小时左右车程，很快让我们一行已站在青山崔嵬的地下长河洞口。一汪碧水，带着从洞内溢出的丝丝凉意，连带池水也比其他地方凉爽许多。池边都是纳凉的人群，许多人还赤脚踩在水里。显然，这里大多数人和我一样，不是热衷于洞内钟乳石景，更多的是冲着凉爽而来。凡是有石灰岩的地方，一般都有溶洞，只不过各地溶洞由于地质结构不同，或者洞内钟乳石保存情况不一，就像北方佳丽丰硕居多，南方红颜清秀不少，环肥燕瘦，各具擅长而已。即便如此，进洞方式大多单一，要么坐船要么旱走，地下长河却有两种选择，一是坐船，顺洞口进去，绵延曲折，数公里水路，一直到纵深区域，才弃船上岸，另一种就是顺洞侧从岩石上开凿出来的山道，直接进入山洞腹地。

入口处看到候船之人如过江之鲫，排成九曲长龙一样，我们就选择了旱走入洞。众所周知，溶洞的形成是地下水长期溶蚀石灰岩的结果，由于石灰岩层各部分含石灰质多少不同，被侵蚀的程度不同，就逐渐被溶解分割成互不相依、千姿百态、陡峭秀丽的山峰和奇异景观的溶洞。因此，不管进入那个溶洞，洞内洞外各种石头造型崔嵬狰狞，各具情状。地下长河也不例外，狭窄的石头小道，各种奇形怪状的石钟乳、石笋、石幔，使我们不得不小心翼翼缓缓潜行，生怕一不小心，撞在岩石上，让自己的脑袋碰出一棵肉质的"石笋"来。旱道就在水道的边上，如两条平行的长龙，从洞口延伸向洞的纵深、山的腹地，只不过质地迥然不同，一为刚硬，一为柔软，相得益彰，别有情趣。

一直走到水道狭窄处，船上人弃船上岸，和我们会合继续向前。站在岸边，回头想想，这起码已经过了三分之一的游程。说实话，能够提起我兴致的景观还是没有看到，平淡无奇，我以为这应该是我在走完洞内三分之一的感觉。唯一的快意，就是一进入洞内，扑面凉风顿时把每个人浑身上下包裹其中，一下子洗尽洞外四十度以上的高温溽热。说实话，从几乎可以把鸡蛋煎熟的酷暑中，顿时置身于清凉世界，心里觉得这趟地下长河之旅也算有所值了。

同行者随着人流向洞内深处疾行着，我提不起多少兴致，提着相机，偶尔看到稍感满意的拍下一张，约我前来的朋友，时不时会驻步叫我跟上，我浅笑而至，不忍拂了朋友的兴致。

渐渐的，我感觉脚下的路越来越不平坦了，仿佛成了环绕壁岩攀山而上的羊肠小道，不仅狭窄，更见险峻，或从石隙岩缝仄身而过，或临幽深洞穴小心落足。尤其头上身旁，越来越

多保存完好、各具形态的钟乳石，列兵布阵，大小不一，高低错落，或动物肖像，或什物器皿，千姿百态，从几十万年，甚至几百万年的远古时代走来，保持一份肃穆谦恭的神情，迎接千百年来的各式访客，不卑不亢，落落大方。一路行来，令我不免肃然起敬。

脚步行处，惊喜还在不断延伸，或一步一景，或一步数景，真是步步惊喜，处处美景。至此，我才觉得大自然对地下长河真是青眼有加，由简单而繁复，先平淡后精彩，正如一个恋爱高手，先撩拨你心怀初开，再引人入胜渐入佳境，让你激情澎湃，最后功德圆满而了无遗憾。

玉露洞天是地下长河的最后一站，也是整个洞府里最大一个厅，更是一段让每一个到访地下长河的游客，至此叹为观止并感慨不虚此行的精彩华章。站在洞内任何一个角落，你都会发觉自己身临一巨大的美轮美奂的宫殿之内，四面垂挂着万千披金带银的落地帐幔，各式天工神斧造就的美丽版图，镶嵌在圆弧形的穹顶的四面八方，使之看上去更显华丽和尊贵。再环顾四下，有层叠梯田，有仙山嵯峨，有灵石酷肖，有柱石凌云，更有众多奇石，或卧或坐，或仆或倚，宛若千百无邪孩童，在广袤天地之间的芳草地上，无拘无束，自在玩耍，各具形态，情状迥异，姿态不一，俨然经典传世的百子赐福图。置身其中，早已忘却了尘世一切，把自己融入了神奇的童话世界里，流连忘返，不忍卒离。

出了玉露洞天，顿时有了一种天上人间的感觉。洞内奇景连连，凉风阵阵，大有身临方外仙佛之列的快意；洞外热浪滚滚，扑面暑热难挡，简直一如热锅蚂蚁痛不欲生之情状。两下比较，只好落荒而逃，钻进开了空调的车里，扬尘而去。地下长河毕竟如同梁园，不是我等私淑，且留下一洞清凉满室美景，长存记忆的深处，期待有缘再来重续旧缘，重温美好。

去何斯路看薰衣草

周六，好友胡君相约去浙中浦江义乌交界的何斯路村看薰衣草。

何斯路村原为师路何村，是何氏祖先由北方避战乱漂泊来此从师的路上歇息之地，观此地状似燕子窝，形态优雅，遂迁衍于此。因缺水，故以"斯"替"师"（斯即水也，见子在川上曰：'逝者如斯夫！不舍昼夜'），期盼着有山有水。村庄布局呈北斗七星，分别为拙朴的燕子坞古村落，庄严的何家祠堂，钩云钓月的农家餐饮，历史悠久的明代古宅，卓有贡献的何家大院（中国汽车制造第一人何乃民故居），风景秀丽的卧牛山冈，碧波荡漾的水库。走进古朴有致、粉墙黛瓦的村子，绿树掩映，流水淙淙，感觉身处红尘桃源之欢喜，显然是近年刚完成了新农村的整治改造，看上去焕然一新，田园风光别有一格。

闻名遐迩的薰衣草基地就在村子前面的田畈，买了票进去，薰衣草的田边，已经是人流如鲫，热闹非凡。薰衣草为多年生草本或小矮灌木，虽称为草，实际是一种紫蓝色的小花，在浙江一带又称之为蓝香花，有蓝、深紫、粉红、白等色，常见的为紫蓝色，花期6-8月。全株略带木头甜味的清淡香气，因花、叶和茎上的绒毛均藏有油腺，轻轻碰触油腺即破裂而释出香味。每当花开风吹起时，薰衣草田宛如深紫色的波浪层层叠叠地起伏着，甚是美丽。薰衣草芳香别样，是全球最受欢迎的香草之一，被誉为"宁静的香水植物"、"香料之王"、"芳香药草之后"。

　　紫蓝的薰衣草，往往与浪漫的爱情是分不开的。置身在薰衣草田中，风吹起时，大自然暖紫色的海浪，一种唯美的蛊惑，好像时间都为你们停顿了。薰衣草是一种馥郁的紫蓝色的小花，它具有浪漫的情怀。薰衣草有着极大的内涵，隐蕴着正确的生命态度。人们一直将薰衣草视为纯洁、清净、保护、感恩与和平的象征。薰衣草的花语就是"等待爱情"。

　　这是一片散落在山谷间的梯形田畈，不规则的田里种着花期不同的薰衣草，有的刚孕花苞，有的已经大放紫花，一片璀璨。置身于一片蓝紫的花丛中间，一阵轻风拂过，飘出淡淡的清香，而叶片摩擦的声音，似乎在述说着一个个关于薰衣草的神奇传说故事。整个薰衣草基地的田块，显然是从村里各家各户的农户手里收回进行统一规划的，因为还有很多田块或种西瓜，或种冬瓜，或种四季豆等，说明还是个人在种植的。或许看到现在观花的人这么多，明后年应该整体统一，全部种上薰衣草，这样，或许真的可以成为义乌乃至浙江的"普里斯旺"！渐渐的，人是越来越多，路两旁、村子里外的空地，都是观光客的车子，我们匆匆走马观光了一番，先行撤退。

　　因为要赶回来吃中饭，连走马观花都有些勉强。显然，让这么一个藏在深山的小山村，引得四方宾朋纷至沓来，这一切的功劳都归功于薰衣草。真诚祝福何斯路村能够早日成为名副其实的"普里斯旺"。

　　薰衣草盛开的季节，就是何斯路村和村人的盛大节日。

飞龙在天舞龙峡

磐安舞龙峡景区，坐落在浙中磐安最东北尖山镇的近郊。境内飞瀑成群，峡谷奇幽，怪石嶙峋，碧水粼粼，有大自然鬼斧神工的杰作，也有悠久历史文化的积淀，加上是新开发的景区，原生态的景观较多，值得一游。

入口一条鹅卵石铺就的蜿蜒小道，俨然天然按摩器在摩挲游人的脚底。顺路左的石阶上山，百来米就到峡谷口峰顶的悦清亭，极目云蒸霞蔚的峡谷，景色一览无余。尤其俯瞰高达七八十米的跌水腾龙瀑布，只见白龙凌虚，跌腾翻飞在悬崖峭壁之间，煞是好看。

下了亭坐上景区提供的游览观光车，几分钟后已经在长寿亭的阶下。步上山阶，登亭而望，又是一番别样景致。刚才是在山顶俯视峡谷美景，现在身居半山之腰，仰可看天眺峰，俯可视谷察景，山上山下，无边景色，尽收眼中。

沿山腰慢行，渐渐的，路陡然不见，脚下之数尺山道，已连接在绝壁之上的栈道上了。上看陡峭壁岩，下视壁岩陡峭，只见谷底白龙翻滚，原来是千丈跃龙瀑的水流在谷底蜿蜒而去。在悬崖绝壁的栈道之上，盘旋了数个之字形后，已经身在谷底的火腿潭前。一泓碧液，俨然琵琶形，上段细细一脉如长长的脚爪，下端非常酷肖猪后腿，真是名副其实的火腿潭。谷底乱石密布，壁岩千仞，水流湍急，微风徐来，颇有静幽之美。

顺谷底小道而走，很快到了第二段坐观光车的地头。车子沿溪行，不一会到了小山峡的码头。上了船，画艇在静得如翡翠的水面徐徐行驶，这其实是三级电站蓄水的一个水库。两旁青山耸峙，植被保护得非常完好的山体，一片苍翠郁黛，时不时还有数棵在绿树丛中花枝摇曳的山桃花，粉红色娇艳欲滴，更是令人赏心悦目。

在碧水如刀一样被截断的大坝前，游艇折回，身旁就是盘龙卧虎的山道，可以顺着蟠龙一样的山道直上山顶，一览众山小。再往前，游艇靠岸，迎面就是据说有近八十米高的洞天飞龙瀑凌空踏虚而来。由于落差大，上面夹崖之间喷破而出的巨大水流，到了我们眼前，已经成了飞沫散雾了。粗看，仿佛黝黑的壁岩间，腾起了烟岚水雾。

走下飞瀑前的石阶，行不多远，仿佛有声音来自天外，抬眼远望，不觉惊得停住了脚步，再也迈不动半步。只见从刚转过来的路口，远远望去，数百米外的一条山垄上，中间一条巨大的雪白水龙从山顶奔腾而来，大有倾倒银河万斛水而不可阻挡的气势，从天上直奔人间。远看巨龙腾跃苍峦之间，近看白浪翻滚群山激荡，这汹涌气势，这壮观景象，堪称天上人间罕见的奇观！至此，每一个游客都会由衷地叹服：舞龙峡不虚此行！

除了大自然这些貌似独具匠心的瑰丽景色，景区内一些传统文化、太极八卦景观等的构成和传承建设，都会给游客带来与众不同的视觉享受和精神愉悦。已经撩开神秘面纱的舞龙峡，正在期待更多游客的乐游之约。

五峰的雨

踩着马年暮春的脚步，伴随着缠绵春雨的节奏，我们走进了丹霞名山永康方岩的怀里。五峰静静地伫立在方岩的膝前，雨意朦胧地接纳了我们这一干不速之客。

方岩也好，五峰也罢，都是在地壳亿万年前造山运动给人类留下的地理奇观。独特的丹霞风貌，足以说明造物主对永康这一方水土的偏爱。只是芸芸众生之中，多是凡夫俗子，少有慧眼独具，于是，这风韵独具的丹霞风光，尽管已经存在亿万年了，纵观有史记载的几千年文明史，丹霞风貌在大多情况下，都只是寂寞开无主的路旁野花一样，悄无声息，明珠蒙尘。

胡则、陈亮都应该属于慧眼独具中的少数人，因为胡则，方岩名扬天下，自北宋以来，浙江境内，胡公大帝是最为灵验的神灵之一，于是，方岩一年四季朝拜胡公大帝的四方香客络绎不绝，香火缭绕，灵感通天。与方岩这样以一种热热闹闹的出世之状、闻名遐迩相比，同处一隅的五峰，则如高士隐逸般默默地在守望。自南宋陈亮隐居岩下寿山洞读书而成为永康第一个状元后，几百年来，五峰，渐渐演绎为可以诠释永康一地文脉的标志性所在。五峰的名声远扬，则如水银泻地，悄无声息地慢慢渗透着一方水土。

五峰以五座连绵山峰而得名，自西向东，呈半环状犬牙排列，北面开缺，形成了"山城围合如大环"的独特地貌。东南一峰突兀如金鸡报晓，故名"鸡鸣峰"，往前一点是形似锅底的"覆釜峰"，西峰山花烂漫曰"桃花峰"，北峰瀑布喧哗称"瀑布峰"，最后相连的则为"固厚峰"，或许取其稳固厚实之意。和其他地方的丹霞风貌一样，五峰的壁岩多是直角形的，站在岩下，看到的都是直插云天的气势，高山仰止，我想给人的感觉就应该是这样。山如果有水，才能妆成一方水土的奇丽秀美，龙湫瀑布从云端的壁岩间喷薄而出，如一条银龙从岩间腾跃而出，直冲云天。壁岩如削，飞练若龙，深潭幽静，绿树环合，五峰这幅山水长卷才算天造地设，浑然天成。

丹霞特色是峰奇洞多，五峰下面的深深浅浅众多洞穴，很早就被有心人发现并加以利用。寿山石室在陈亮来前早就有人以洞设帐为室。陈亮当初来到寿山洞里刻苦攻读，其实也是受古人影响。同样是陈亮读书，一文不名时，寿山洞自然默默无闻，就如相依相偎的五峰一样，千年万年，静静地守望。后来陈亮名动天下了，周边各地的文人墨客对五峰是趋之如鹜，纷至沓来。与其说是奔向五峰下的寿山石室，不如说是为了一见陈亮这个龙川先生。

是什么让陈亮名动天下，是陈亮的学识渊博，他的爱国情怀，他的不畏权贵，他的才略胆识……试想就凭一个乡间没有功名的教书先生，敢于对朝廷那些身居高位，只图安乐，不思"直捣黄龙，收复失地"的享乐者，发起"冲击"进行弹劾，敢于一而再再而三向当今皇上直言不讳，《中兴五论》一下子击中当时时弊，震动朝野，从而就像后来陈亮中了状元一

样，"一朝天下闻"，而使得天下读书人纷纷奔向五峰下的寿山石室，以结识陈亮为荣。

因为陈亮，五峰名震天下，因为五峰的神奇，也更让陈亮这个旷世奇才，让人觉得有神龙见首不见尾的神秘。当时的天下大儒朱熹到了五峰之下，栖居永康邻邑武义明招寺。时金华大儒吕祖谦来了，于是，一场历史上赫赫有名的"王霸义利之辩"在五峰脚下展开了。墨海波涛，笔底风雷，书生意气，霎时成为寿山石室的一道风景。这道风景自此定格于五峰下面，烙印一样成为一段历史上学术争论的佳话，千古流传。

慕名前来访五峰的我们一干人，站在五峰书院岩下，看眼前春雨泼洒，耳旁是震耳欲聋大龙湫的瀑布声。仰头望去，一道白龙从半天虚空扑面而来，在空中划出一道雪白巨影，最后轰隆隆地重重跌进岩下的深潭之中。想象当年陈亮久居岩下，一定无数次的如我们这样仰望这条天外飞来的"神龙"。或许正是这条"神龙"，带给他一次次文思泉涌，倚马千言，终至成就一代俊杰、状元之才。只可惜，恐怕连陈亮自己也没有想到，有一天自己终于脱却藩篱成蛟龙，却是壮志未酬身先亡，山涧蛟龙终究未能破壁，岂是陈亮一生憾事，更是家国民族的一大憾事啊！

朱熹、吕祖谦和陈亮之辩，不仅没有使陈亮自堕声名，反而更是陈亮声名日隆。最终的结果，我们看到朱熹没有说服陈亮，反倒是更让人看清了陈亮独立的思想和人格，也更加快了陈亮独特学术思想的成熟和确立。永康学派成为一匹傲世的黑马，陈亮无异就是这匹"黑马"的领头人。

丹霞风貌遗世独立，陈亮的学说特立独行，说不清是谁成就了谁。自陈亮后，五峰和陈亮似乎再也无法独立出来。

第三辑　万年浦江

浦江的惊喜

很多时候，惊喜总是在一个人猝不及防的情况下邂逅，譬如浦江。

未到浦江之前，唯一的感觉就是这个位于浙江中部的小县城寂寂无闻。有时候甚至觉得，浦江有些傍上海黄浦江大名之嫌。

一脚踏进浦江境内，我才知道自己错了，大错特错了。浦江，这个拥有 1800 余年悠久历史的古老小县，它丰富的历史人文底蕴，不仅远远超过只有几百年建埠历史的大上海，即便在拥有文化之邦、鱼米之乡美誉的浙江省内，浦江也绝对占有独特而灿烂的一页。它是一颗闪耀在浙江中部熠熠生辉的璀璨明珠。

杭金衢高速是穿越浙江中部连贯南北的地方主要交通枢纽，从"浦江"出口下去，扑面就是关于浦江的惊喜，有人文的，有历史的，还有山水自然风光的，让每一个至此的朋友，都会被一浪高过一浪的惊喜淹没。尽管这样的淹没让人应接不暇，可内心的喜悦同样涌起一波又一波的快感，从而愉悦全身上下内外。

我们总说中国有史记载的只有五千年，当人类稻作文明超过万年的帷幕在浦江上山遗址被撩开后，中国早期新石器时代研究及世界稻作文明史被彻底改写。一万年前的浦江先民，已经在绿树成荫、碧水荡漾的浦阳江边，结草为庐，垒石成灶，吃上香喷喷的白米饭了。

一直都说商周之前是夏朝，再之前就是史前文明了，这些踪迹同样在当年轩辕黄帝的女儿元修修真升仙的浙中名山——浦江仙华山周围可以找到。最近几年在仙华山周围找到的有明显人工镌刻痕迹的多处史前文明摩崖石刻，粗犷大胆的线条，抽象神奇的图案，都是浦江先民的智慧结晶和创造。

浦江自东汉建县至今，已经超过1800年，丰厚的人文历史已经累积成厚厚的一本大书。纵观浦江历史，人才辈出，尤以文学显长，自宋而后，方凤、柳贯、吴莱皆为大儒，宋濂、戴殿泗尊为帝师，戴良、倪仁吉、蒋兴俦、宋璲均一时俊彦。元初的"月泉吟社"全国征诗大赛刷新了中国文学史数个第一，成为浦江载入《辞海》、《四库全书》唯一词条。近现代更是人才济济，石西民、曹聚仁、张世禄、洪汛涛在文学、著译、新闻等多方面各有建树，自成一家。张书旗、方增先、吴山明等乡贤在书画技艺方面承前启后，不逊先贤，"南天一柱"张振铎享有"南张北李（苦禅）"美誉，"浙派画家"吴茀之"画印并佳"等，可谓代有杰出人物，各领一时风骚。

浦江山川古称"天地间秀绝之区"。因轩辕黄帝少女修真而闻名遐迩的仙华山，奇峰兀立，耸然若掌，卓立天地之间。历代都有文人墨客登临绝顶，唱诗吟词，向来被称之一邑名胜而闻名遐迩。宝掌幽谷，古印度高僧千岁和尚驻锡之佛门清修之地；左溪讲寺，佛教天台宗八祖玄朗法师弘法精室。明开国皇帝朱元璋御题"江南第一家"的郑宅镇郑氏一门，自南宋至明代中叶，居住 15 世，3000 人同炊共食，旷古未有，170 余名出门做官的子裔，无一贪渎失职，清廉刚正，有史可证，堪称中华和谐聚居第一家。还有万年石化的美女峰马岭、千年北宋的龙峰塔、百顷碧波的通济湖、古驿古道的神丽峡、石阵瀑群的白石湾，可以远眺钱江一线潮的鸡冠岩……无不景色奇美，风光宜人。

浦江的人文胜景同样是让人流连忘返不忍卒离的。几次上过中央电视台的"一根面"，一大锅面居然是一根面拉出来的，这一根面可以让几十个人尝鲜吃饱。得过国家最高奖、旅美访欧出尽风头的浦江板凳龙、浦江乱弹艺术，还有"神州第一会桌"美誉的"蟠桃盛会"……无论漫步浦江城里，还是采风浦江乡间田野，看的是自然人文美景，吃的是浦江风味美食，玩的是民俗龙灯迎会，听的是戏曲鼻祖浦江乱弹……就这样，你不知不觉中，浦江的悠久历史，浦江的丰富文化，浦江的绮丽风光，化成一道道无形的束缚，成为一个个乐不思蜀悠游浦江的理由。

浦江，"文化之邦"、"书画之乡"闻名遐迩，名扬天下，万年人类稻作文明史，千载和谐家居录，世代书画辉煌志，不愧为一方钟灵毓秀、物华天宝之地。记得古人赋诗留恋江南春色，"若到江南赶上春，千万和春住。"其实你到了江南小城浦江，也不妨停下你的步子，借得余生数日闲，留在这座有魅力的江南小城，伴着浦阳江，住在浦江城，感受一下古城的魅力所在。它一如雪片扑面而来的惊喜，一定会让你数番迈不开离

去的脚步。即使你实在想不出不离去的理由，在你一步三回头的离去路上，定然会洒满你抛下的留恋眼波和期待再次相聚的盟约。

仙华山上三境界

朋友知道我心情不好，提议我去仙华山。

"浦江仙华山？"我感到诧异，朋友非常肯定的答复了我。

素闻位于浙江中部的浦江仙华山以山峰的"奇、险、旷、幽"而称誉江南，加上民间相传轩辕黄帝的少女元修在仙华山修真得道升天，故又名仙姑山。"山不在高，有仙则名"，"仙华胜景秀绝吴越"，自古就有这样的说法。

"除了美景秀绝，只要登临仙华山的人，都会对人生有一个崭新的认识。从山下到山顶，一路艰辛攀登，仿佛在经历人生的几道关键的环节。……"朋友继续着话题。

我最近的工作生活都有些不得意，就有空余时间了，耳听为虚，眼见为实，找了一个双休日，我和朋友来到了仙华山。

步入仙华山景区大门，面前就是太极广场，广场尽头是巍峨的昭灵宫，宫里供祀的就是在仙华山得道升天的元修娘娘。宫后一大片壁崖足有几千平方米，如雄关又似城墙，蔚为壮观。从此处上山分东西两线，轻车熟路的朋友带着我从西线上山。

拾级而上，两旁浓荫蔽天，清风徐来，仿佛饭后走在公园里，心情自然放松，一片平和。蜿蜒的石板路在浓密的树林中渐渐延伸向山上，平时在城里缺少锻炼的我们慢慢感觉有些细汗津津的感觉。突然，眼前仿佛有一个巨大的黑影压过来，驻步一看，吓了一跳，一块硕大的巨岩突兀耸然在我的头上，摇

145

摇欲坠的样子。正欲退步，朋友说看到崖上的字了吗？"试胆石"，不错，没有胆量还真的不敢站在这崖下。朋友接着说，到这里，就像我们的人生拉开了帷幕，万事开头难，就看你有没有胆量，有胆量继续向前走，自然可以看到更多的人生风景。

果然，转过试胆石，林木葱郁，触目苍翠，石笋石峰，高低错落，一个藏云纳雾的山谷，让人几疑走入世外桃源。在花香鸟语中，现出一条在两峰壁立的中间辟出的之字形山道，直达峰顶。朋友告诉我这是攀登仙华山的第一道"天梯"，几乎壁立的山路，许多游客到此几乎是手脚并用才能登临的。果然，上了"天梯"，岩壁上"情侣岩"三字赫然在目，登时让人想起浪漫忆起缱绻。眼前不远两座耸然相对的山峰，正如一对情侣含情脉脉，更奇的是峰腰间有一石把两座山峰连在一起，仿佛两人在执手而语。

朋友在我耳旁说，听说过王国维在他的《人间词话》里形容人生的三种境界吗？第一种境界是宋朝晏殊的《鹊踏枝》"昨夜西风凋碧树，独上西楼，望尽天涯路"。我们站在这里只是爬上一个小山峰，也许看到了爱情，也从峰林间看到了山下的风景一角。可事实上，你根本没有品味到人生的真味，甚至还有些无所适从，可以说，你在徘徊，你还在寻找，寻找属于你自己的独特人生之路。

继续向上的山道，景点很多，只要我们在行走的主线上，稍左稍右拐上几步或几十步，各种美景接踵而至。贵宏亭眺望梯田如画，卧仙洞里神驰太虚，大钟峰一览西线无余，西天门巨狮把关。只是最终仍得回到原来的主干道上，一直到东西线交会点。万川归海，至此，就像自古华山一条道，只有直上主峰的唯一通道了。

山势越来越陡，一直向上的石阶似乎通向飘缈的云间，我们一个个已汗流浃背，气喘吁吁。朋友说这里已经到了人生的第二种境界了，你已经认准了奋斗的目标，只有在这条唯一的通向成功的道路上，拼搏不止，奋斗不息，如宋朝柳永《蝶恋花》里所写的，"为伊消得人憔悴，衣带渐宽终不悔"，坚持到底才会实现人生的目标。穿过南天门，漫步九霄亭、太上老君峰、仙坛峰、百寿峰等，遥遥在目，仙人仙境，似乎都已触手可及，很快我们已经站在"第一仙峰"仙华山主峰——少女峰下了。

卓然而立的少女峰，只有一条从壁立的岩壁上开凿的简易石阶路，路两旁有两条铁链挂下，游人至此，非手攀脚蹬而不得上，甚为险峻。我和朋友手攀铁链脚蹬石阶，一步步爬上山顶，极目四顾，恍如置身云间，俯瞰脚下，蜿蜒曲折的江流，绵延苍翠的群山，错落有致的村落，诚如古人所说的"虽未小天下，一览收吴越"。朋友继续说，经过千辛万苦，我们终于站在仙华山的最高峰了。人生何尝不是如此呢！只有跨过一道道难关，经历过一次次磨炼，在岔路上返回原来的主线，在累得要趴下时坚强地站起来继续前进，才能实现预期的目标。这也是王国维先生说的第三种境界，就是南宋辛弃疾的《青玉案》"众里寻他千百度，蓦然回首，那人却在灯火阑珊处"。

　　站在一览天宇空的仙华山顶，我仿佛一下子汲取了仙华山的仙灵之气，多日来的阴霾一扫而空，心情无比灿烂，似乎也两腋生风，飘飘若仙起来。

嵩溪二题

丹青嵩溪

走进嵩溪，就是走进一幅画，一幅旷世长卷。

群山环绕，正是大地母亲伸出宽厚、有力、温暖的双手，把这个数百户人家千余间浙中民居的粉墙黛瓦揽进怀里。村后是巍峨崔嵬的鸡冠群峰，穿村而过的嵩溪从村尾一分为二，明溪暗渠，斗折蛇行来到村前，合二为一，又蜿蜒东去。几百幢高挑马头墙颇具浙中民居特色的建筑，在翠峰如屏的山谷间岳峙渊渟。正如村中邂逅的老头老太太，尽管满脸的皱纹盛满岁月的记忆，依然不离不弃地坚守在这块数百年前嵩溪先人择居的风水宝地上。

一个暮春的傍晚，我来到了嵩溪村，夕阳西下，炊烟袅袅，牧歌唱晚，从村口抬眼望去，嵩溪村就是一幅天然的水墨丹青，一幅村居风情的巨幅长卷。

纵观嵩溪村八百多年的历史，我发觉自己正站在记载这八百多年村史的画卷的末端，把目光往上追溯，画面清晰，脉络分明。《清明上河图》是一幅南宋都市繁华城市生活的风情画，顺着画面的经络我们后人可以全盘了解南宋都市生活的习俗和风情。从始祖建村到今日的盛世华年，把八百多年嵩溪村历史画面连缀起来，俨然就是一幅"千年村居风情画"。

画的顶端是嵩溪先人筚路蓝缕、垦荒挖土的拓荒图。当年先人们来到这里，看到群山环抱，碧水潺潺，风景绝美，俨然

桃源故里，两山之间又有可开垦种植的平地，卸职后就决定在此定居下来，上山开荒，下溪疏流，筑土为墙，垒石成房，日出而作，日落而息，男耕女织，繁衍生息。至今村里最早的房子是宋朝的，大部分是明清建筑。各种浙中特色的民居顺山势而建，高低错落，掩映于房前屋后的碧树翠竹之间，如诗似画。有的干脆凌空建在嵩溪水的上方，看屋外是诗意村居，听屋下的潺湲溪水，形成特有景观。村后是浦江境内第二高峰鸡冠岩，有诗为证："冲霄突兀号鸡冠，岩下云山纵大观。仿佛钱塘江上水，潮头一线白漫漫"。山高为嵩，水始源于鸡冠岩，蜿蜒而来，到村中分为前后两溪，村前又合二为一，水为嵩溪，村以溪名，整幅长卷的首帧画面就跃然纸上了。

夕阳朝晖，寒暑交替，时间很快如村前嵩溪水一样哗哗流走了，整个画面也日渐丰富，益见多姿多彩。人口增多了，村子扩大了，原先的平房住不下增加的人口，村前屋后的田地增多，无法赶得上人口的快速繁衍，聪明的嵩溪人坐不住了，安居才能乐业，稳定才能繁荣，

嵩溪先人发现山上的石头可以烧成石灰，没有水泥之前，石灰是江浙农村造房子必不可少的材料，于是，农闲时节，村里看不到闲人，勇敢的嵩溪先人上山凿石，砍薪，烧成石灰，又把石灰挑到几十里外的集市卖掉。小孩的新衣、学费、必须添置购买的家用品、年头节尾走亲访友的礼品、孝敬长辈的礼金，还有造新房、买田地的余钱，都在石灰这项副业里赚取。这段画面纵向看，前后贯穿嵩溪村数百年，这段漫长岁月

里，保持这个穷乡僻壤山村的百年繁华，其主要经济支柱就是石灰。从横向看也非常壮观，不惜攀岩下涧，开凿石灰石，再或抬或挑，把石头搬到石灰窑前，进行煅烧成石灰。正如村人徐永源在写嵩溪十景之"东壁石斧"，对村人攀岩采石的描摹，"东山石壁献嶙峋，凿破岩头惊煞人。盘古开天留一着，故教锤击响频频。"可以想象得到，嵩溪人在东壁凿石的动感画面。

"嵩麓灶烟"也是嵩溪十景之一，写的却是嵩溪人把石头烧成石灰过程的画面。还是徐永源的诗，"烧丹无计觅崆峒，炼石成灰妙化工。嵩麓模糊浑不辨，轻笼淡抹趁芙蓉。"一段时间连日连夜的辛苦劳作，终于把石头烧成了石灰，或趁着"溪桥月色"出门，或沿着"屏山拱翠"、"西岭秋阴"，穿过"样畈禾浪"，顾不得欣赏"石潭龙映"或"庵岩晴雪"这远近闻名的嵩溪十景秀美风光，出门去卖石灰。有的用双手挑，条件好一点的，用独轮车沿村前的石板路，风尘仆仆十几里路，近则到白马、岩头陈集市，远则到几十里外的县城，甚至有跋涉百来里，或拉车或挑担，到邻县义乌、诸暨县城的。去时一担石灰，来时一担日常生活用品。这样的场景，在浙中这块丘陵平原间的山间小道、石板驿道上，每天蚂蚁搬家一样演绎着，这就是聪明、勤劳、勇敢的嵩溪人。经济的支撑，带来了其他方面的繁荣和发展，嵩溪村一度有"小杭州"之美誉。

把酒享欢，举杯吟诵，这样的画面，很容易让人想到人才济济的京城省府，或者羁旅客店等。就是这样文人墨客的雅事流韵，在浙中偏僻山乡的嵩溪，居然是寻常村景。这里有一首

村人描写春日里村中燕诒堂诵读的场景，"春风飘忽燕诒堂，水色山光映两廊。时雨栽培桃李笑，一家诗礼绍书香。"恰如其分地描绘了嵩溪人白天烧石灰或忙于桑长麻短、家里家外，夜晚几位同道秉烛谈诗作画的场景，这就是耕读传家门风的嵩溪人，又一活色生香的画面。

农忙侍弄庄稼，农闲时吟诗填词，挥毫泼墨，写字作画，嵩溪八百年村居的长卷里不可或缺的就是文风鼎盛的热闹画面。清康熙年间由村人徐敬臣发起创立了的"嵩溪诗社"，承传数代，垂百二十年不衰，代有书画俊彦享誉乡内外及郡邑，成一时之颂。清人徐希仁的壁画，至今仍在他故居的墙上，画面清晰，人物酷肖，栩栩如生，墨迹犹新，惜故人早已乘鹤归去。嵩溪人拿起锄上山下地，提起笔写诗作画，这样的村风民俗一直沿袭下来。20世纪80年代中期，嵩溪人在诗社的基础上，重新组建的包含如绘画、书法、雕刻等艺术门类更多的"嵩溪学社"，历经二十几年，人才辈出，硕果累累。纵向看到的依旧只是文脉代代相传不绝的画面，横向更让人叹为观止。嵩溪诗社这棵深植于嵩溪古村落深厚文化底蕴的大树，开枝散叶，文学、书法、美术等代有才俊，不仅有的名满京师的，还有的漂洋过海、名扬海外。

几百年来贯穿至今的画轴里，有一处墨迹犹新、气势磅礴、视野开阔的画面，这是近些年来嵩溪村、嵩溪人的蟺变。智慧超群的嵩溪人炼石成灰，点石成金，后来又烧制水泥，终因市场地域性的限制和受资源的影响，使延续几百年的这条经济命脉发生质变，于是，许多嵩溪人纷纷走出了这条流淌千万年的嵩溪水，出县跨省，秉承嵩溪人聪明、勤劳、拼搏、超越的祖德遗风，先后在贵州、湖南、云南、青海等多个省市，组建了十几家水泥厂。嵩溪人农樵耕读传统家风的精神版图，渐渐遍布了全国各地。我们仿佛在嵩溪这副长卷里看到这样一个画面，一根根粗硕绵长的风筝线从嵩溪村放飞，飘飘悠悠飞向无垠的碧空蓝天。大江南北、塞外草原，甚至漂洋过海，凤舞九天，筝翔四海，到处留下了嵩溪人的身影和足迹。嵩溪人的奋斗风骨，嵩溪人的耕读传家，如水泻地，在四面八方，在各行各业，不断书写着新的传奇。

随着这幅演绎嵩溪八百年历史的长卷舒缓展开，一幅幅精美绝伦的画面跃然纸上。粗粗地浏览了这幅记载嵩溪千年古村落的发展繁衍长卷，不难看出嵩溪人一脉相传的勤劳聪慧，敢于创新，不甘人后，其间还贯穿几千年中华文明中齐家修身、求学精艺、耕读传家等优良传统。

我在村里欣赏着那些颇具特色的古民居、旧院落时，不时有一辆辆高级轿车从身边驶过。村里人告诉我，这些大多是定居县城及更远地方的嵩溪人，隔三隔五地回家看看房子，小住几天。不仅县城，近则义乌、金华、杭州，远到上海、北京、广州先后有嵩溪人举家迁居。走出嵩溪的嵩溪人，在浙江、青海、新疆、湖南、贵州等多个省市经商创业，生意做得风生水起。这些常年在外的人就是嵩溪村放飞的风筝，一到逢年过节，村里村外停满了各式汽车，有钱没钱，他们都回到了嵩溪这块至死也无法割舍的生养热土。

我从村里人对未来发展的描述，看到了千年嵩溪村居的续章。这幅在继续描摹不断更新的长卷，无论从纵向延伸还是横向展开，我分明看到，在当下嵩溪人眼里手中，这幅巨画描摹得更加得心应手了，恣意挥洒，画面也益显壮观且气象万千了。

静美嵩溪

喜欢去嵩溪，喜欢带朋友去嵩溪，凡一起去过的朋友，没有一个说嵩溪不好的，真让人为之欣喜。

乍听到嵩溪这个村名，心里就有一种莫名的喜欢。嵩，俨然山高也，溪，流水潺潺，想来一定是山环水绕风景绝佳的好去处。

纸上得来总觉浅，不如实地去看一看，于是，呼朋唤友找到那个躲避交通要道数十公里的深山古村。果不其然，整个村落四周绵延数十里的峰岩，环拱如峙。村后峰峦叠嶂，错落有致，有县内第二高峰的鸡冠岩，登临则可以远眺钱塘江一线潮。村东有石壁耸立若青龙蟠伏，村西有前山峰似白虎蹲峙，村后三水蜿蜒，汇成双溪，一明一暗，潺潺缓缓，穿村而过。村以溪为名。站在高处俯瞰全村，宛若群山怀抱其里，颇有结庐在人境而无车马喧的幽雅出尘、超脱高澹之感。

一脸憨厚的村里人不以为然，告诉我村口那条磨得发亮打滑的鹅卵石路，是被几百年来的辚辚车声压出来的。嵩溪这个千年古村，不像江浙其他古村一样，向世人展示的仅仅是儒家文化和传统男耕女织的田园生活。嵩溪的先人在几百年前开始开凿村前的石灰石，烧成石灰，贩销各地。石灰在很长一段时间里，是农家除虫的良药，也是建筑房子的主要材料，嵩溪人近则县内，远则用独轮车、双轮车拉着石灰，销到邻近的诸暨、义乌、东阳。商贾往来，嵩溪一度被人誉为"小杭州"。石灰这笔源源不断的财富，使得嵩溪人在侍弄庄稼解决温饱以外，有一笔额外的经济收入，可以崇教兴学，培养村中后代，成为耕读传家的世家弟子。

嵩溪诗社是可以代言千年古村文化积淀和底蕴的村人结社。清康熙年间，嵩溪人徐敬臣创立嵩溪诗社，结交文人学士，在村内外诗词唱和，后有徐思祚、徐思琛、徐宗义等接力，主持诗社，前后延续一百多年不衰。一个村级诗社，历时这么长的时间，在国内也不多见。后来由于历史原因，诗社不复存在，只是嵩溪村里的诗词书画文化一直如村里的溪水一样，虽平缓流淌，时有几许耀眼的浪花跳跃不停。清后期及民国名家迭出，名闻乡里，远播宇内，如徐子静的人物花鸟画、徐品元父子的经史文章、徐馥堂父子的书法到徐菊傲、徐天许父子及徐晓窗兄弟四人的书画。徐察人的诗词被誉为县内三杰之一，徐心泉的精工雕刻，等等，堪称人才辈出，举不胜举。20世纪80年代中期，嵩溪村徐千意等人承继先人流风余韵，重新组建"嵩溪学社"，近三十年的弘扬和发展先人遗风，成果斐然，声望卓著。

　　隆冬季节，最适宜的就是找个有太阳的清净地方坐一坐，发发呆。在这尘嚣满天的当下，嵩溪就是这样的绝佳选择。这个至今保存着数十幢千余间明清及民国古建筑的浙中山村，大部分村民平时奔波在天南海北经商办厂，整个村落宛如一幅遗失在人间的水墨画，静悄悄的铺陈在青山绿水之中。长长的弄堂，艺术品一样的石子路，高高的马头墙，偶尔会碰上一个满脸皱纹和灰旧黛墙古民居相得益彰的老人，让你感觉时空交替，几疑自己是不是穿越到了历史的深邃之处。

　　可以一个人，也可以约三五好友，不疾不徐，悠悠地穿行在迷宫一样的长弄堂，旁边高台门、翘马头的四合院，次第展开，迎接检阅一样。你走进去，就会有人告诉你这是已故中央工艺美院教授徐天许先生的故居。从徐天许曾祖父辈开始，代代都有诗书画传人，堪称诗书画传家。走着走着，墙上一幅已被保护起来的壁画，是一百多年前清末徐希仁留存下来的墨宝。如果对书画略窥门径，不妨悄立片刻，穿越时空，和兼善人物、山水、花鸟的徐希仁先贤，切磋一番。结构简洁大气的明朝牛腿，气势恢宏古朴的清代及民国江南民居特色，小桥流水、曲径通幽的古村落风情，一切都是随心随意随喜，闲庭信步，悠哉游哉，乐在其中。

　　转过一条巷子，耳里传来"吱咕嘎""吱咕嘎"的声音，一个陈旧却收拾得整洁干净的院子里，一对老夫妻正在石磨上磨豆腐。古老的石磨正在欢快地唱着歌，乳白的豆浆从两半石磨中间"汩汩"流淌出来。问及，说是明后天城里的儿子要带朋友来家里玩，做点盐卤豆腐当菜。男的双手一推一拉转动着石磨，女的一手扶住浸着黄豆的桶，一手用调羹舀着泡胀了的豆子往磨眼里添加。阳光斜斜的，照在两人身上，很温馨也很宁静。这样的场景，已经很长时间没有看到了，小时候在老家逢年过节都可以看到的寻常镜头，竟然让我久久挪不开步子。

格局差不多的另一个院落里，还能看见临门一台老式织布机，一个老年妇女坐在机子前，悠闲地织着布，双脚一上一下踩着，发出"唧唧"的声音，双手一来一回，梭子在线缝间往来穿梭，红蓝相间的布幅在身前渐渐延伸。这种近乎古老传说的手工，不要说城里，就是乡间，大多早已成为老一辈人嘴里的回忆，想不到在嵩溪，如画一样，静静的仿佛在述说着一个美丽的传说。

走得累了，可以挑选一棵苍老的大樟树，坐在树下发亮的石头上，体会山村那种宁静的安详和惬意，或者到一处有几个聊着家常晒着太阳的老人身旁，用一脸廉价的笑容，就一定能换来老人真诚盛情的邀请。每一个古村的沿革都是一部编年史，一茬又一茬的老人，都是不可或缺的一环，起码也是他们所居时代的一本断代史。这些如诗意夕阳一样逐渐消亡的"断代史"，会毫不保留地告诉你嵩溪的历史，自豪而不倨傲，自信而不张扬，你会觉得自己也正在慢慢演绎成嵩溪的历史情节。

古今传诵的"嵩溪十景"，历经千百年的风雨洗礼，江山兴废，大多依然保留着原有的姿态和风韵。"鸡冠望潮"、"屏山拱翠"、"样畈禾浪"是用来凝神相顾和可以亲心亲力体会妙

趣的，"溪桥月色"、"庵岩晴雪"、"石潭龙映"、"西岭秋阴"则是宜观赏更适宜静悟诗情画意，剩下的"燕诒春诵"、"东壁石斧"、"嵩麓灶烟"，最适合静心倾听和触摸嵩溪耕读文化脉络的所在，惜今已成为凭吊的遗存。"水绿峰明古老村，老屋灰墙藏历史"，嵩溪诗人徐千意的诗句，正是悠游嵩溪这个古村落的真实写照。

　　从嵩溪返回，继续跋涉在人生奔走的旅程中，时不时地，总觉得虚空中，有一股似有却无的馨香自远而近，飘飘袅袅，让人忍不住猛抽鼻翼，想要留住这股特有的馥香，我知道那是嵩溪的召唤和诱惑。这让我把思绪拉到很远的老家山里，一到春天，不时地会闻到一股沁人心脾的奇香，我知道那是空谷幽兰自吐芬芳特有的馨香。不以无人而不芳，不因清寒而萎顿。你去，它在，幽香四溢；你不去，它也在，奇香装点着春天。陡然觉得，这千年古村嵩溪，不也正如山野幽谷的兰花，那份宁静致远，那份淡然超脱，丝毫不因外界因素受到惊扰，悄立于天地之间，袒露着属于自己的那份独特的静谧、优雅之美。

张狮岩 斗气建成 "第一桥"

浙中浦江县，被明朝 "开国文臣之首" 宋濂誉为 "虽蕞尔小邑，……实为天地间秀绝之地"，自东汉建县，历 1800 余年，能人奇士辈出，不胜枚举。

江山代有才人出，各领风骚数百年。清末县内例贡生张狮岩，一生倾尽家财，致力慈善，矢志造桥事业，行善积德，闻名浙江中西部一带，堪称一代奇才。

立志造桥

张狮岩，清浦江县政内乡（现杭坪镇）石狮头村人，生于 1853 年，少小家境富裕，堪称富甲一方。后因父亲张凤翔被流匪闻说富名后绑票，最终下落不明。当时的张狮岩年仅 9 岁，亲眼目睹老父身遭劫难，悲痛欲绝。年岁渐长，他也慢慢悟出财富可以保障一家老小安居乐业，享受舒适安逸的生活，但也可以给人带来灭顶之灾，父亲就是这种无妄之灾的牺牲品。因此，张狮岩觉得财富是一个人的身外之物，除了保障一家人的生活，他在心里下了决心，此生要致力于慈善，散尽家财，造福乡里，行善积德。

浦江的地势东南部平坦，西北部山区为县内主要山脉所在，山高林密。张狮岩老家石狮头村就在浦江西部山区，濒临县域第二大河流壶源江的岸边。浦江的江河溪涧有个特点，平时水流不大，一到下雨天或梅雨季节，山洪陡发，一下子就变成江漫溪溢的状况。山区相对县城和东南部平畈，经济差距大，一般村前屋后的溪涧，大多搭个简易木桥，或者用石块石条砌个蹬步出行。这样的出行平时尚可，遇到连绵雨天或暴风雨天的山洪暴发，通途变成了天险，一年到头，村民因不得已出行而滑到溪里，甚至摔伤或被冲走的时有耳闻，这一切深深触动了张狮岩的心弦。

走出大山，才能知道外面的天地更宽广，这是大多数山里人的共识，张狮岩就决定从解决村民的首要问题——出行开始。清光绪三年（1877），24岁的张狮岩就捐资在老家境内造了第一座桥——德政桥。张狮岩造桥不是仅仅捐出造桥所需的费用，他是出资出力，自己身体力行，参与桥的设计选址、材料购置、具体施工，一直到整座桥的建造完毕。

看到连接桥两端的村民，喜滋滋地往来桥上，张狮岩感觉自己这条慈善之路走对了。自德政桥始，张狮岩就把自己一生精力和心血，都倾注到造桥事业上来。很快，他的造桥技艺和高尚品格，传遍浦江县内及周边县市。浦江相邻建德境内有个长石坞村，村边一条溪流，连蹬步也没有，平时进出都要淌水而过，一到涨水，村民就被困在村里，寸步难行。听说了张狮岩造桥的高超技艺和乐善好施的美名，慕名前来，张狮岩自捐资金，自行设计，在溪上建造石桥一座，还在桥上下游两侧用大石块砌就长达百米的石坞，用来保护新造的石桥。

邻县桐庐芝夏溪村三造三毁，闻听浦江张狮岩造桥技艺高超，又热心公益，慕名备轿前来请他。他满口答应，不仅亲自设计和参与施工，并以 2500 枚银圆资助。接着，他又和人合作，在县内造了一座长达六十余米的石桥——登云桥。美名远扬的张狮岩还被人请到金华，历时三年不回家，在金华双溪捐资建造浮桥一座，桥随江水枯盈而升降，设计精巧，令人叹为观止。

县城受辱

清光绪三十年（1904），县里计划在浦阳江上筹建一座新桥（即浦阳桥），县令邀请一邑士绅名流共同商议造桥事宜，张狮岩也在邀请名列之中。他很高兴，参会之际就捐助 500 枚银元。共同商议建桥方案时，张狮岩根据自己多年造桥经验，对桥的选址、结构等，提出了自己独特的见解和看法。

大家济济一堂，就是为了商讨造桥大事，张狮岩这样畅所欲言是一件大好事，不料县令和一些县城里的士绅不高兴了，觉得这个来自山里的乡下佬不懂规矩，夺了他们的风头。这些自以为是的城里人一向看不起山里人，身居县城总觉得高人一等，有的干脆直言讥讽："你以为你是谁？县太爷请你一个山里佬，不过是看中你的钱包，又不是让你对造桥来胡说八道、指手画脚的。"

张狮岩原本心想，我不和你们一般见识，不过，他看到召集人县令大人不仅不阻止这些人胡乱说话，眼里和神情姿态似乎和这些人一样。他心里明白了，这些话语其实是县令在怂恿，在暗许，他觉得自己是受到了侮辱，觉得不能再和这些人为伍，他也不想和这些人计较，选择了默默离开，心里却暗暗

下了决心：你们看不起山里人，我偏要为山里人争口气。张狮岩握紧拳头，决心造一座比他们正在造的新桥更加恢宏壮观、更加气势万千的大桥，让他们见识一下山里人的能耐和本事。

新桥再挫

张狮岩经过几番勘察，终于选址在距离县城新桥十余里的湖、泖二山之间，横跨浦阳江建造一座大石桥。这里是浦江东南乡进入县城的交通枢纽，建成后可以造福成千上万百姓，且地理位置属于造桥的天然关口。据《光绪浦江县志稿》载：湖山在"县东十里，与茂（泖）山对立，江水中流，亦称湖山峡，说者谓县治水口，此其第一关"。

张狮岩将家事安排妥当，自己住到附近潘宅的女儿家，雇了一批工匠，择吉日开始挖掘桥基。一月余，桥的基脚终于成型，谁知一场暴雨把耗资巨大、将要完工的桥基全部冲毁，无奈，只得重新开挖，到年关，桥基完工，巨大的耗费使得张狮岩只好变卖一部分田产以应付工匠工资。

想到来年开春又要大笔资金继续建桥工程，手头又有些窘迫，情势所迫，张狮岩只好采取乡间传统的募捐方法。他在潘宅集市日设立帐台募捐，不料应者寥寥，细打听才知道，是原先奚落过他的个别城里士绅作祟。他们在乡民中间散布谣言，说张狮岩是个骗子，他募捐不是为了造桥，是为了骗取钱财，满足自己一己之私，中饱私囊。

张狮岩不是个知难而退半途而废的人，他发誓哪怕倾家荡产，也要把桥造起来。募捐不行，决定走典当的路子。他雇了两顶轿子，一顶坐儿子，另一顶轿子放着他家里所有的房契、山契等，来到县内郑宅一家叫"广益典"的典当行，打算以此向典当行借款 5000 枚银圆。典当行的业主张若骝也是一代名士，颇有文名，平时也曾听闻张狮岩造桥的大名和乐于助人的善名。听说张狮岩来访，马上开启平时紧闭的大台门出来拱手相迎。听张狮岩的儿子说明造桥遇到的难处和此番登门来意后，非常感动，立即挥手，"东西原轿抬回，5000 枚银圆明日定当送达。"并对张狮岩建桥造福一方百姓表示深深敬意，同时也表示愿意和张狮岩一起共襄盛举，一起完成建桥大业。

张若骝的资金一到位，工程又如期进行，搭架子，垒桥墩，张狮岩又雇人到山里老家自山上砍来木料，运抵湖山工地。

听说张狮岩的新桥工程顺风顺水进行着，那些城里讥讽过他的士绅再次坐不住了，一旦张狮岩的新桥超过他们正在造的桥，他们的颜面何在？造桥是民心工程，又不好公开反对，只好又出暗招。他们私下纠集一些地痞前去捣乱，这些人一连几次，趁黑夜把张狮岩从老家拉来的木料偷走，转手到黄宅集市卖掉，让张狮岩的工程无法正常施工。

无奈，张狮岩亲自在木料边守夜看护，在一个黑灯瞎火的午夜，抓住了那些偷木料的人。开始对方仗着人多不肯离开，张狮岩强压心头怒火，动之以情晓之以理，对这些人细说造桥缘由，并对桥建成后能给浦阳江两岸百姓带来的好处做了说明。这些人被张狮岩真诚和善举打动，从此再也没有来犯。

　　意外的是，原先在黄宅集市买到好木料的外地客商，因为不知道前一段时间买去的好木料是偷自张狮岩造桥工地的，正为不见好木料打听原因时，被一位在异地为官、回乡省亲的黄宅人听到了，深深为张狮岩的善心德举感动，回家找到家族的家长太公说了张狮岩造桥一事，并提议应该鼎力相助。次日，这位开明的家长太公备下酒宴，召集周边村子里有名望的人士一起共商相助张狮岩造桥事宜，并提议对造桥义举，应该有钱出钱，有力出力，助狮岩先生早日把桥造起来，造福乡里，也为乡里增辉。自此后，在浦江东南一带，几个有集市的乡镇如黄宅、潘宅、岩头陈、大许等，每逢集市日都有人设帐桌为湖山桥募捐，各方人士纷纷解囊，一时募集了一大批款项，彻底解决了张狮岩造桥款项的缺口问题。

大功告成

　　众人拾柴火焰高，张狮岩得到了张若骝等一批开明士绅、社会贤达的鼎力相助，造桥工程可以说是快马加鞭。短短二年多时间，即清光绪三十二年（1906），湖山桥终于告竣。桥长131.6米，宽4.1米，高9米，十一墩十孔，共耗资三万五千多银圆，比浦阳桥足足长了3米，成为当时浦阳江上最长的桥。

　　张狮岩毕生造桥15座，湖山桥是他耗资最巨、花费心血最多、同时也是经受磨难和挫折最多的桥。从勘察选址、设计施工、筹措资金到大功告成，张狮岩历经三载寒暑，事必躬亲，数度过家门而不入，一心扑在造桥事业中。湖山桥后，张狮岩不顾年过半百，又造了兴隆桥、芦溪桥。其中开造芦溪桥时，张狮岩已经 66 岁，两年后，一代造桥大师、终生致力于慈善建桥、造福乡间的张狮岩，就驾鹤西游了。

由于后期捐助者很多，桥完工后还有一些余额钱款，张狮岩又和张若骝等一起，用这些钱款在桥的附近建造了湖山学堂，还有浣江楼、得月楼、留芳阁等景观建筑，使得湖山桥不仅仅只是一座连接浦阳江两岸乡民往来和进城的交通枢纽，同时开辟成了一道具有丰富人文景观的名胜风景线。

湖山桥地处浦阳江流经浦江境内的中段，又恰在当时浦阳江上七座桥的中间，故湖山桥又称中江第一桥。大桥及周边景观落成，有幸延请了清末状元、有"银画金钩"美誉的陆润庠的题款，至今古桥中间的桥额"中江第一桥"五字，依然笔力厚重劲健，不愧三朝元老、皇帝老师的身份。可惜百余年后的今天，浦阳江上或雄伟或纤巧或精美或奇丽的七座古桥，只有中江第一桥成为硕果仅存的唯一，不由不令人扼腕叹息。

中江第一桥建成后的半个世纪后，20 世纪的 1964 年，桥被作为公路桥使用，至今又过去了 60 年，车来人往，古桥依然巍然屹立，远看如雄关威峙，固如金汤，近看则长虹卧波，气势壮观，可惜桥周边的景观建筑在百年后的今天，皆成废墟、残垣。

张狮岩，这位因一时赌气建成邑内第一桥的山里佬，因为中江第一桥，也因为一生献给造桥事业，用善举德行铸就了一座千古流芳的丰碑，用赫赫功德记载了一个久盛不衰的传说。

一条叫浦江的人文河流

浦江就是浦阳江，县以江命名，江则以县显。浦江置县前后已接近二千年，先称之为丰安，后改为浦阳，再之为避皇帝讳，改为浦江，至今也已超过 1500 年。浦江虽"蕞尔小邑"，可素有"小邹鲁"之美誉，山川毓秀，人才辈出，历代被人誉为"文化之邦"、"诗词之乡"等。

浦江县城前临浦阳江，后倚仙华山，仙华山不是寻常之山，不去说"仙华岩雪"、"丹柱佛光"等上天恩赐的神奇自然风光，单就上古黄帝之爱女元修在此山修真升天的传说神迹，已经把浦江的历史拉到了五千年之前。其实，浦江的人文历史远不止黄帝以及帝女元修的仙迹和传说。近年，仙华山后多处人工镌刻在巨石上的神秘图案，粗犷的线条，充满野性和原始的笔画，一下子让人想起成都三星堆那些原始图腾的粗犷线条和神秘图案，足见浦阳江两岸人类文明的历史悠久。

浦阳江发源于浦江花桥一个叫天灵岩的山谷，屈曲如龙，蛇行斗折，流经数十里后，在浦江黄宅一个叫上山的地方转了几个弯，形成了一小块冲积平原，这就是浦阳江平原。有山有水，自然成为浦江先民卜居的最佳场所。经目前为止最科学的碳十四测定，最早在这块土地上居住、种植水稻的先民，至少距今万年左右。上山文化，成为南方稻作文明最早的地方之一。随着一整套的用来碾米的石磨盘、石磨棒等打制石器的挖掘出土，浦江先民，是迄今为止发现最早人工种植水稻、最早吃上白米饭的幸福人群。随后在上山附近的几处新石器时代的人类活动遗址的发现，延续了浦阳江两岸这种早期的人文历史，直至后来出现的君主国家。浦江，一直以来就是文化的兴盛地和传播地。

除了有史以来的稻作文明、黄帝文化到春秋的姑蔑古国、太末旧郡、吴越故地，浦阳江这一脉上古水系，源远流长，一直畅流不息，如大地之母的一条温暖的臂弯，护佑着浦江这一方子民生养作息，成为浦江先民安居乐业的最好屏障和依托，成为当地文化艺术起轫、发展及辉煌的摇篮和吉地。

浦江向以文学闻世，北宋于氏一家因文章出众，被誉之"于氏七星"。元末浦江人吴渭发起的"月泉吟社"，以"春日田园杂兴"为题的全国征诗，开启了中国文学史上数个第一。向全国范围征诗，评比后给予优胜者实物奖励，前60名获奖者的获奖诗歌结集出版等，这些都是《辞海》、《辞源》里赫然在目的。明初宋濂不仅书法杰出，誉为"草圣"，文章更是"开一代风气之先河"，被明太祖称为"开国文臣之首"，可谓名垂千古。清代东皋心越东渡日本，传授国学佛学精湛技艺，被日本人誉为"篆刻之父"、"琴学之祖"等。近代浦江人张书旗的《百鸽图》，是首幅进入美国白宫的中国画。诗书画并重的画家吴茀之是近代浙派画系的领军人物。现当代浦江作家洪汛涛笔下的神笔马良，是中国进入世界儿童文学形象长廊为数不多的代表人物之一。集名记者、作家一身的曹聚仁著译数千万字，堪称著作等身……

约形成于明初的地方剧种"浦江乱弹"，音乐粗犷奔放，

曲调或高亢激越，声可入云，或低回婉转，优美动听。昆剧素有戏剧鼻祖之称，据说出自徽派乱弹，而徽派乱弹则出自浦江乱弹，由此足见浦江乱弹在戏剧发展史中的地位之尊。历朝历代，各式人才灿若群星，在各自的领域里熠熠生辉，颇有建树，堪称江山代有才人出，各领风骚数百年。

每每读到千古美文《滕王阁序》中几句，"星分翼轸，地接衡庐。襟三江而带五湖，接蛮荆而引瓯越"，总忍不住为滕王阁的气势壮观而感叹，更为王勃这样的盖世奇才早夭而叹惋。

有一天，我无意间得知王勃佳句里"襟三江"中的一江，居然就是我们浦江人世代生息的浦阳江，当时就彻底地震撼了。"三江"的另外一江是钱塘江，这让我更是不解，众所周知，浦阳江是钱塘江的支流，莫非早先的浦阳江不是钱塘江支流？

进一步地深入了解，不禁让我对身边如带似玉环绕着县城的浦阳江刮目相看起来。在距今 1500 年左右的南北朝时期，浦阳江的全程是现在的三倍，长达 450 公里，如巨龙盘绕在浙中、浙东，蜿蜒流过浦江、诸暨、萧山、绍兴、上虞、余姚、宁波，最后在古称浃口的镇海注入东海，而现在的曹娥江水系、甬江水系当年都是浦阳江的支流。直到唐朝，浦阳江的水还是过山阴钱清江直入杭州湾的。我们现在的浦阳江，只有 150 公里流程，从萧山闻家堰注入钱塘江，这是明朝才形成至今的现状。

浦阳江的变迁，解决了我萦绕心头的几个疑问。浦江平原的江边，有几个让人无限想象的村落，如夜渔市、上潮溪、下潮溪等。上潮、下潮在浦江方言里就是涨潮、落潮的意思，可一个小村子居然叫夜渔市就让人费解。我还看见过一幅浦阳江的古画面，江水浩瀚无际，江里桅帆如林，百舸争流，当时以为是画家对家乡河流浦阳江的想象。现在想来，这夜渔市确实是当时浦阳江边一处交易鱼虾的一个市场，画面也是来自生活现实。现在浦江东部白马镇上一处俗称土库的旧院落，据说是明朝荷兰客商留下的仓库，从浦江上船，可以直达东海，这样说来，也就不足为奇了。可惜现下，连一块竹排也没法在江上行驶，沧海桑田，前后变化之如此巨大，天工神力，实非人力所能及，令人感叹不已。

史书上记载，原先的浦阳江是和钱塘江并列在浙江大地的两条江流，有大江小江之称，还是东南大地著名的入海大江之一。众所周知，钱塘江被誉为越文化的源头之一，而并列的浦阳江更是越国都城诸暨的母亲河。整条浦阳江的流经地域，自始至终流淌着中华几千年传统文明的遗风流韵，应该更有理由称得上越文化的源头之一。

从万年上山的稻作文明到现下的百业兴旺，百姓安居乐业，生活蒸蒸日上，一条贯穿至今的以文化艺术著称于世的珠链，串起了浦江两岸的人文景观和历史底蕴。这其实只是纵的发轫、繁荣及延续方面，从横向来看，浦阳江源头还是人类文明的源头之一。我们把目光穿越时空，来到早期的浦阳江下游流域，我们看到了七千年前的河姆渡文化，解开了人类发展史

上的许多谜团。顺浦阳江逆流而上，我们依次看到了五千年的良渚文化，约六千五百年的楼家桥文化，七千余年的跨湖桥文化，最后来到浦阳江的最上游，让脚步驻留在离开浦阳江源头只有几十公里的上山，大口盘、双耳罐以及稻谷遗存，还有加工稻谷的石磨盘、石磨棒等数以千计的文物出土，这是一处距今万年左右的人类文明文化遗存，不仅是江南稻作文明的发源地，也是长江下游及东南沿海地区迄今发现的年代最早的新石器时代遗址之一。由此可见，浦江才是真正的人文之源。

　　水是生命之源，逐水而居是自古至今人类争取生存与发展一直遵循的基本规则。因为水，铸就了浦阳江两岸肥沃坚实的人文基础，因为浦阳江，成就了这一流域丰富深厚的人文底蕴。浦阳江水滔滔东去，流淌着的是亘古不息、传承永远的中华文明。

走近养元坑

养元坑是一个小山村，养元坑也不仅仅是小山村。

养元坑坐落于浙中小邑浦江最西北偏僻山区，四面群山耸峙，翠竹环抱，毗邻古越国都城诸暨界。全村几十户人家呈不规则分布在一个狭长山谷的尽头，从浦江县城出发，得驱车一个多小时。车子穿过村后半山腰的山洞，俯瞰山下，屋舍俨然，山道如线，历历在目：村在山谷底，路在云端中。

顺九曲十八弯的盘山公路下岭，才看清眼前这山村和浙中许多山区村落一样，就是屋基大多从山坡上挖出来，房屋墙基砌的都是大块石头，于是门前石坎砌得高大结实，宛若石城墙，后墙脚很多是从岩石上凿出来的，墙基很硬实，一层石块已经很牢固了。有些人家屋后石坎高，干脆在后墙开扇门，搭块木板，就可以直接上山下地了。

村子里老房子多，新房子少。新房子大多红砖砌墙，洋瓦铺顶，三层、四层都有，别墅一样，在全村大多是两层的老房子中间有鹤立鸡群的感觉。老房子砌砖的都不多，很多是石子墙，拳头大小的石块大多是开屋基时存下的，再用石灰拌和山沙，一层石块一层石灰料，石与石之间的缝隙被石灰料挤入，就上下左右粘住了。这是千百年来，聪明的山农想出来就地取材造房子的办法。偶尔有几处房子是用农家自烧的土青砖砌的墙，岁月的悠长，青砖已经变成灰黑色，斑驳的墙面，诉说着屋主人当初的富有和曾经有过的风光。这些老房子，自然一色

的土瓦，偶尔的马头墙，孤寂地立在空中。粉墙黛瓦马头墙，当初的主人并不知道这是江南民居的范本，他们只知道户与户之间不用山上自有的树木，用砖墙隔开，既防盗更防火。山里人造房子没有质量标准和承诺，只知道人这一辈子造好的房子，儿子、孙子、曾孙一代代都要住下去的，就像我们涉足一些风景区，看到上千年的寺庙，几百年的民居一样，都只是先人们的一个心愿和自觉履行的职责。

走进养元坑，村里的台门、弄堂里迎面碰到的，或者坐在自家屋里的，大多是老人，哪怕刚落成的富丽堂皇的三层别墅式房子，也是这样的情况。更有甚者，很多整修一新的房子，一把锃亮的挂锁代替主人，在那里一声不吭，山一样沉默着。年轻人有的在城里、镇里买了房子，有的长年出门打工、经商，只有过年了才回家一趟。当下的农村其实都是这样的情况。每当过年，村里彻夜灯火通明，到处人声鼎沸。聚会的，走亲戚的，娶亲嫁女办喜事的，热闹非凡。吃了正月十五的元宵后，该走的又走了，村子又和往日一样，复归静寂。

在我们每一个人的周围，往往因为某个特定的变故，改变了原来的性质和印象。养元坑村，这个典型的浙中小山村，也因为一个人，一段经历，发生一些事，就让它不仅仅只是山村，也不再是一个浙中大地司空见惯的山村了。

郭慎敏，一个养元坑土生土长的山里人，他的父母勒紧裤带培养他，供他读书，他也真的如父母家人、村里人所愿走出了大山，走出了养元坑。1946年夏，二十七八岁的郭慎敏给家庭带来了不安，他回家来了，回到了养元坑村。想起当年毛泽东一袭长衫，腋夹雨伞，昂首大步走在三湘大地，我们没有看见郭慎敏是怎样回村的，长衫是乡下山里有学问的象征，二十多岁正是风华正茂的年岁，他也肯定长衫飘飘进了家门。这个一直在革命队伍里勇敢作战、积极工作的年轻共产党人，这次回家也是奉命执行任务的。

他的家乡养元坑虽然是个山村，可是这个山村的地理位置非常奇特。一条狭长数公里的山谷里，珠子一样散落着七八个村子，一直通向邻县诸暨的腹地——千年古镇草塔。养元坑在山谷的谷底，前面三四个村子都是隶属浦江县的，一条大道直达诸暨县城不过五十来里路，从邻村许坞、黄坞翻几道岭就到诸暨高城头，出高城头不远一头到浦江的白马桥，一头经浦江郑家坞临界就是义乌大陈。从养元坑村后上岭，路像树杈一样，一头翻养元岭到浦江中余直达当时的红色根据地江东县政府所在地。过唐代古寺江山寺可以到诸暨里江山、外江山村。一边翻蒲阳岭西过小和畈到富阳、桐庐、诸暨马剑不过几十里路，经鱼岭头、王家山到诸暨马剑，当时的路西工委和会稽山人民抗暴游击队司令部所在地。地处偏僻山乡，却进退有据、交通四通八达的养元坑就成了当时路西工委和会稽山人民抗暴游击队领导们的首选。加上当时这里金萧支队辗转作战，已经留下了革命的火种，附近村里已发展了十余名地下党员，这对郭慎敏回到家乡开展工作，可谓百利无一害！

对世代山民的郭家父母来说，千辛万苦培养儿子读书，希望他走出大山，做官或者找份好工作，也算光宗耀祖。听说儿子回来不走了，还要出钱请村里人免费上学，老人开始想不通，在儿子的一番思想工作后，深明大义的父亲郭家孝不仅全力支持儿子的革命大业，自己积极为儿子送情报，放哨站岗，干一些力所能及的革命工作。最终这位伟大的父亲，也死在残暴的敌人之手，成为一位伟大的烈士。郭慎敏的母亲同样成为儿子最坚实的后勤保障，为革命同志筹粮、做饭等，默默支持儿子的革命事业。

就这样，年轻的共产党人郭慎敏先利用村里祠堂办起小学，宣传革命道理，发动群众，秘密发展党员，不断壮大革命力量，把诸浦交界的一个名不见经传的小山村建成了一个固若金汤的红色堡垒村。次年，按照上级的计划和指示，服装厂、印刷社（后改鸡鸣社），会稽山人民抗暴游击司令部后勤基地就渐渐稳固建立了。《中国人民解放军宣言》、《目前形势和我们的任务》等许多红色书籍、报刊等宣传资料从这里飞出去，在浙江当时的浙赣铁路沿线、路西、江东等革命根据地遍地开花，为革命事业的发展、开拓和巩固起到了理论上武装的作用。通过发报机把会稽山人民抗暴游击队、金萧支队不断打击敌人扩大革命根据地的消息发向全国各地，配合全中国的解放事业。服装厂里日夜赶出来的军用服装，通过四面八方的地下交通路线，送到前线战士手中，穿在根据地革命者的身上。曾经看到过一个资料，我地下党为了让战士们平安过冬，在萧山购进一万斤棉花、两百匹棉布，通过革命堡垒户——诸暨一家叫寿源丰的南北什货店，用手拉车直接送进山里，在养元坑周围的村子里分散贮藏。按当时一人一车拉500斤，已经很难拉了，几十辆手拉车长龙一样的队伍，放在今天，也是非常壮观的程度。我们的革命者，就是这样在敌人的眼皮下，把棉花安全送达养元坑的服装厂。可以想象得出，那些革命者当时是冒着怎样的生命危险进行革命工作的。

养元坑这个会稽山人民抗暴游击司令部后勤基地因为其优越的地理位置，良好的革命基础，一直坚持了三四年。期间也经常受到敌人的骚扰，在村里群众和革命积极分子、地下党员的掩护、支持下，面对敌人的多次搜查、清剿，都有惊无险地渡过了难关。最后引起了敌人的高度重视，派大部队全面清剿，郭慎敏家被敌人洗劫一空，但大部分的物资、设备已被秘密转移。我们也付出了革命的代价，被俘、牺牲了几位同志，被抢去缝纫机、军服、布匹，损失惨重。

时光荏苒，那些为革命工作的先人渐渐老去，可是记忆不会荒芜，历史不会抹杀。走在养元坑高低不平的石子路、泥巴路上，那些年逾古稀的老人们仍会指点着告诉你，这间屋是当年做服装车间的，那间房的楼上就是当年印刷革命传单的鸡鸣社机房……至今仍在的郭慎敏家老屋后那条十余米的暗道，当年一遇敌情，我们的同志就从暗道直接上山，茂密的山林，使同志们如鱼入海，如虎归山，让敌人空手而归。

更多的革命记忆和传奇，已经找不到当事人或目击者，所幸当年传播革命火种的养元坑小学，已经辟成了会稽山人民抗

暴游击司令部后勤基地纪念馆暨县级爱国主义教育基地。在纪念馆的事迹陈列室，详实的文字、鲜活的图片，还原了当年革命先烈在敌人围追堵截艰苦卓绝的环境下，抛头颅，洒热血，捍卫群众利益，献身革命大业的英勇故事和感人事迹。每一段文字，每一张图片，每一件实物，每一位烈士和革命志士的名字，都会让人的内心深处受到重重地擂击，是心灵的涤洗，也是灵魂的重生，更是思想的涅槃。

走进养元坑，才感觉眼前不是普通的小山村，养元坑是一个有灵魂所在的村，养元坑是有思想的、更是有尊严的村。

高路入云端

我觉得自己是一只受了惊吓的黄羊，有些慌不择路地冲上了那个大长坡。

顺省道右拐，一条数米宽的水泥路若一匹灰白的布铺在山坡上，看不到路的尽头。只有远处山坡上以及路两旁的郁葱树木，诱惑着我想知道路的尽头在哪里。前方是村庄抑或城镇，我好奇地转动方向盘拐上了山道。

早春的阳光很耀眼，晒在人的身上有些许暖意。我的车开不了几十米，就别无选择了，坡势越来越陡，90°的直角显然不可能，眼前75°左右的上坡，使坐在驾驶室里的我，感觉有一堵墙扑面而来。我的大脑激冷一下，这么陡的山路假如踩刹车，虽不会倒退回去，对车肯定不好，再说自己反正是好奇心作怪，干脆好奇到底吧！我踩油门的脚又用力了一些。

车子一直上坡，坡上坡下，触目所及的，有从山脚整齐排列上来的梯地，也有几处大约山势太陡，没办法开垦而挺立着各种姿态的松树。在早春的风中，那些不停摆动的翠枝，和我车窗外掠过的景物一样，都是动作片的系列。

十分钟左右，我和我的车很莽撞地冲上了坡顶。

只能说是坡顶，离开山顶还远着呢！坡顶在两山夹着的凹处，南边山脚辟出一块平地，有个简陋的亭子静静地伫立不动。我在路边停好车，走进亭子去看里面的功德碑。至此我才突然从半空里一跤跌回地上，原以为我已经出了县境，原来这

条从邻县路上接通的盘山路，是迂回绕向县内一个高山村落的。这个叫作民生的行政村有数个自然村分布在一条长达十几公里的山坞里。为了这条路，几个自然村里的村民有钱出钱，没钱出劳力，附近及县内外的企业家慷慨相助，还有县乡的补助，累计筹资三百多万元，总算把这几个自然村串成一起，修成了这条一头通过邻县连接省道进入县城南端，另一头通往乡政府，再西贯县城。回首身后山间如灰蛇斗折盘旋而上的坡道，我心里不由得惊叹不已。

过了坡顶两山夹峙的"甬道"，下坡数百米顿见豁然开朗，土地平旷，屋舍俨然。问一田里干活的农妇，才知我已到了民生村十几里山坞尽头的第一村——徐家。我接过农妇的话头，看来我到家了。她一惊，我告诉她我也姓徐，她笑着说，真是一家人。旁边的一男一女对我这个显然不是附近村里的陌生客本来就好奇，听完我说姓徐，惊讶地反问一句："你也姓徐？"

得到我肯定的答案，他们告诉我，徐家原来有几十户人家，一百多人口，现在常住的不到十户了，都去县城或到外面发展了。我停好车，在村里走了个遍。和我老家一样，破旧的房子年久失修，有半间一间坍塌的，大多数门上挂着锁，显然已久无人住。看到的人都是七老八十的，偶尔有几间房子还贴着大红春联，显然是主人回家过完年又走了。

告辞几位姓徐的本家，车子开不了几百米路，居然迎面又是上坡。我有些奇怪，本来按山势，徐家在山坞的尽头，海拔是最高地方，然后山坞是一路走低，光看村前淙淙流水就知道了。转了几个弯，我吓了一跳，左边山谷底有一些房子，显然是一个村落，这是我意料之中的。大出我意料的是，顺着车窗向前看，我发现很远的山高处，居然粉墙黛瓦，屋檐高翘，显然也有人迹。远眺凹凸起伏的山间转弯处，我看见时隐时现的灰白路影。看来我车下这条路，仍得一路蜿蜒上山，一直到山顶的村落为止。

果不其然，我的车子像直冲浪尖的舢板，一路车头上扬，山路屈曲盘旋，坡度比刚拐出省道时平缓，只是一直上山，总高度远远超过开始的山坡。开了几分钟，面前一个大山间平地上，居然有热火朝天的建筑工地，排列有序的都是三四层的现代建筑。村口有一巨大广告牌，我驻车细看，原来这是一个叫坞坑的自然村进行全村统一规划，重新建房。我穿过村前的上坡道，继续上山。路已在山腰之上，离山顶还有一些高度，俯视山下，已看不到山底的景物。看远处群山，大都在脚下俯首称臣。我想居住此处山上，晨岚暮霭，萦绕其间，山间屋舍，俨然琼楼玉宇，天上人间……

继续驱车上山，行不了多少路，又到了一个山谷，见村口立一路牌——"宋宅村"，原来又到了一个自然村。肠子一样的山路，在宋宅村口弯了一下，就像一口气讲了许多话后，在这里稍稍停顿片刻，折然向下，至此，再没有上山的路径了。

几里的下山路，用斗折蛇行已不足以形容它的弯道之险，急转之多，我很小心地把握着方向盘，大多数急转弯处我的车刚好能够转个身，只要稍有放松，车子就会冲下山去，自然也

没有我现在坐在桌前写下这些文字。

手心捏一把汗，我谨慎地看着车前基本上只容一车通过的狭窄山道。途中还经过一个叫费宅的村子，已记不清村子的模样，实在是下坡途中，全神贯注地开着车，不敢东张西望窗外的风景。隐约只记得村前有一片森郁的树木，也不敢停车细看是什么树种，只感觉那一片蓊郁之状，我猜想是百年古木之类。按江南农村格局，村前树林属于这个村的风水树木，寻常是不会砍伐的。这样的景观林木，村子有几百年的历史，树木就有几百年。

到了山下，我驻车回首山上下来的路，心里想到湘妹子李琼唱的《山路十八弯》，也许到了这里也会逊色。一眼看去，灰白的水泥路盘旋向上，逶迤入云端，云端尽头我隐约看见宋宅的屋舍。这哪里是山路！看远处云岚渐合，这是韩红唱的《天路》啊！

我老家也在山里，进村出村都在山路上行走，我平日总说回家一路都是崎岖险峻的村路山道，和此处一比，真是小巫见大巫了！我感到惶惑、后怕。

无意之中我闯入这条浦江的天路，这条坐落在浙中浦江前吴民生村的神奇刺激而风景绝佳的云路，给我的人生记事本上又添加了一些神秘但又新奇的经历，我想以后我还会再来的。

仙华古道游

暮秋，作了一次浙中名山仙华山的古道行游。

江南之秋，虽没有北方那种层林尽染、色彩分明的厚重秋色，站在山脚，观松柏翠郁，枫林抹丹，百草染黄，江南独有的那种五颜六色交相辉映的秋景秋色，倒也不失一种独特的景观。

从"古道新游"的牌坊拾阶而上，级级相连，蜿蜒通向仙华山腹地的石砌台阶，把每一个游客的脚步拉向仙华山的纵深，拉向古道景致的腹地，也拉向修缮这条古道的故事深处。

顺着这条通向仙华山顶峰"第一仙峰"少女峰延伸的数尺小道，历史已经装订成了一本厚重的册页。史载仙华山是轩辕黄帝少女元修在此修真升仙的灵山宝地。可想而知，还没修成正果升入仙界的少女元修，整天在山上山下和山民打成一片，济贫救困，造福于民。很长的时间里，这条古道是通向仙华山主峰的唯一通路，因此，应该有数不清的机会，留下元修的足迹。

元修少女升仙了，受她恩泽过的山民继续留在仙华山，他们整天来回于这条山道上，心里或许还祈盼成为仙女的元修回来看望他们，在仙华古道上或许可以幸运邂逅故地重游的元修。

我们知道，先民一般都有图腾，中华民族的图腾是龙，浙中仙华山属于古越人，图腾是鸟，鸟可以飞翔上天。在仙华山古道的边上，还有仙华山后的登高山等地，至今存留了一块刻

有如鸟眼、鸟翅形状等粗犷线条的巨石，由于缺少文字记载，至今仍是个千古之谜。

顺着仙华古道，可以直接走进轩辕黄帝的故事，也可以亲眼看见甚至可以亲手触摸先人刻在巨石上的各种"无字天书"。这样的奇闻不胫而走，吸引了四面八方的文人学士前来寻觅和探访。《方舆志》记载了仙华山，《读史方舆纪要》描述了仙华山，《永乐大典》详述了仙华山，等等。

于是，许多诗人学者慕名而游仙华山，先后踏上这条仙华古道，诗兴大发，留下了许多诗词佳作。诗人方凤来了，学者柳贯来了，明开国文臣之首宋濂来了，明国师刘伯温来了，清御前传胪戴殿泗来了……就在这条神奇的古道上，一拨拨诗人墨客来了，一篇篇传世之作留在了古道，留在了仙华山，留给了浦阳儿女。

从没有路到百千上万的人踩出一条路，从简陋的泥土路到石子路，又从石子路换成青石铺路，千百年来，有识之士、善心之士共襄义举，前赴后继，使古道的路越修越好，古道上积累的文化也越来越厚重，仙华山也渐渐通过这条古道成为一邑名胜，闻名遐迩。

现代文明的发展，终于，一条如巨龙的公路从山脚直通仙华山半山腰，许多人贪图省力省事，乘车直达山腰，再上仙华诸峰饱览仙华风光。

古道沉寂了，古道也荒芜了！千年古道一度成为许多人的记忆，淡出了许多人的视线。

　　进入新世纪，十几位年近八旬的退休不退志的老人，自发组织起来，多方募集资金，集数载之功，筹百余万路资，分期修建，把这条日渐荒废的千年古道，修缮一新。一色的青石板铺成，并且匠心独具地在整条古道上修筑亭台，修建宋浙东按抚司提镇公古墓，修复早已坍塌的仙姑庙等景点景观，让每一个游人在登山途中，欣赏山上山下的自然美景之外，可以登亭远眺，更可以鉴赏亭内外的诗词楹联。把素有"书画之乡"、"文化之邦"的古城浦江文化巧妙地穿插其中，使游客在不知不觉中既领略了仙华山上大自然的天生丽质不自弃，又可以欣赏到古城浦江积蓄千年的人文历史文化底蕴。

　　自从仙华古道全线贯通后，越来越多的人发现，从仙华山山脚驱车上山腰，再登第一仙峰少女峰，而弃仙华古道不游，颇有一种舍本求末的感觉。

　　走一趟仙华古道，你会发觉自己正走在充分体现浦江山水风光和人文历史的时光隧道之中，浦江的奇特山水风貌，黄帝文化，先民摩崖石刻，书画文化，诗词文化，等等。这些诠释浦江文化的亮点，如一颗颗璀璨生辉的晶莹珠子，恰到好处地镶嵌在仙华古道的身上或身旁。

　　游仙华古道，品浦江文化，这应该成为每一个走过仙华古道游客的共识。

杭坪摆祭的前世今生

浙中多山，山间分布大小不一如筋脉般的河流，钱塘江上游的富春江，有条主要支流叫壶源江，江的上游有个叫杭坪的地方，倚山临水，堪称卜居佳所，依山有旱地，临江有水田，可保衣食无忧，许多人先后携家带口在这里定居下来，杭坪村渐渐成为壶源江上游的大村落之一。

人多就杂了，心也复杂了，东家长西家短的是非也渐渐滋生了。今天为了水田里放水，张家的人用锄把敲断了李家人的脚，明天为了一块地的界垄，王家人用柴刀砍伤了钱家人，各自越吵越凶，于是，只好搬动各自家族的长辈来协调，来解决纷争。时间一长，彼此之间心与心的距离渐渐远去了，同饮壶源江水，分明鸡犬之声相闻，老死不相往来，这让各自姓氏家族的长辈们坐不住了。

如何让村人团结、睦洽、齐心协力？几经商讨，决定集中所有姓氏的人，延请义薄云天、忠义无敌的关公关爷爷来村中，以关老爷为证，大家一起祭拜并立下团结协作的誓言。全村几个大姓分为六个庄，以庄为单位，每年农历正月十九为吉日，以轮值庄为主角，其他五个庄为辅，延请关公的坐像到所在庄的堂楼，以全猪整羊等三牲福礼为主供，以体现各自家族内妇女兰心慧质的手工米塑制品为副供，祭拜关公两天。是日村里请戏班子唱大戏，邀请其他五个庄的乡邻和亲朋好友看戏。

于是，这个只有杭坪村特有的习俗——摆祭，从康熙年间兴起，前后三百余年流传下来。除了新中国成立后那段特殊的岁月停办了十几年外，一直至今不衰，形成了浙中乡村过农历年一道特有的民俗文化风景线。

龙年正月十九，我应文友薛君之邀，特意去杭坪村观摩了摆祭请关公的整个流程。虽早在数年前已经从媒体了解了杭坪村摆祭的事情以及它的经过，但身临其境，其震撼力还是远远超过我的想象力。

正月十九，天奇冷，下着雪，我驱车前往，心里不停打着退堂鼓。这种天气，窝在家里还嫌冷，会有几个人出门来？

未及我到杭坪村，朋友已来电，说他已在关公庙接关公了，要我直接去迎关公的地方。我问路时碰巧遇到一个和朋友同村的人，他也是去接关公的，并介绍说今天天气不好，估计其他五个庄的人来的不会很多，假如天气好，六个庄的村民都来的话，人数会超过一千人。他还介绍说，这不算多的，历史上最热闹的是 1949 年，六个庄下面光参加接神的什锦班（演唱浦江乱弹的乡村戏曲班子），光是队伍前一百支土铳队的铳声，就可以想象得到铳声震天、曲声悠扬的场面。可惜现在不准放铳了，什锦班每年也只有一二个班子来参与了。

我俩边说边踩着雪，突然远处山角转弯处传来一阵震天动地的炮仗声。我抬眼望去，腾起的大团烟雾处，露出一角角五彩大旗来。随之，炮仗声一路渐响起来，大队人马转过山嘴来。同行者告诉我，关公爷已经接来了。我们停住脚步，视线

随着渐进的队伍生动起来。

队伍最前面是十几个用塑料袋提着大袋烟花爆竹的人，他们顺着路两旁不停地轮流放着炮仗，队形有些散漫。随后是整齐的队伍，先是高举灯笼的年轻男女，用时下流行的话，一溜的帅哥美女。灯笼上写着"关公圣架"、"敦本堂"、"石墙头"等厅堂名、村名，这是告诉观看的人，今年轮值的是哪个庄或村名、堂名，灯笼队后是锣阵，需要两个壮汉抬着的几对大锣一路敲响，为关公爷开道。随后是龙虎大旗及十二生肖彩旗，旗后还有一位精神矍铄的老者，由两位年轻人搀扶。这位老者是村里选出来的代表，每次请关公需要子孙满堂、德高望重的老人担任主请人。这位老人双手捧着吉祥香，引领拜请关公的大队人马走在前面。老者后面是各村来参与接关公的村民，每个人手里都拿着点燃的香。这一长溜队伍的中间还穿插着摆满"摇钱树"、"金元宝"、"玉如意"等供品的供桌，由四位大汉轮流抬着，再后面是身穿彩衣的老年腰鼓队，一路走一路跳，矫健的步姿，看不出老年人的痕迹。腰鼓队后面的供桌与前面的不同，桌上是关老爷用的印信、宝剑、令旗等，随后就是由八位年富力强的彩衣汉子抬着的关老爷坐像，一路疾步如飞，加上竹制抬杆的一上一下晃动，不像在行走，倒像关老爷自己在驾云，神态颇为好看。关老爷后面是护送的什锦班，一路吹拉弹唱，恭迎关老爷去庄中供堂。我大致估摸，整个队伍有一里多长，大旗猎猎作响，锣声震天动地，鼓音清脆动听。什锦班时而急奏如疾风暴雨，时而轻演似和风细雨……其声势场面，除了壮观，还是壮观。惊诧于如此盛大场面的同时，我更惶感，几百人已经演绎出如此声势浩大的热闹场景，一千人以上呢？加上一百余支土铳此起彼伏的冲天响声，那又是何等的气势磅礴、气吞山河呢？

顺着蜿蜒的田间简易车道进村，我又看到惊人的一幕，凡接关老爷的队伍所到之处，家家门口摆了供桌，主人在关老爷经过之时，焚香膜拜，放炮仗接神，非常虔诚，足见村民对摆祭之事的尊重和诚心。

一般江南民居，同一房的都有一个厅堂，正厅用以家族议事及操办红白大事，正厅后的堂楼用以供祀先人，正厅前还有照厅，也就是说一般的厅堂都是结构三进，这样一来从大门到堂楼，几十米到百米不等。我再次惊讶地发现接关老爷的队伍到大门口停下了，灯笼队、旗幡队、供桌等纷纷靠边立住，正门口就剩下有关老爷印信、宝剑等的供桌和关老爷的神像。转首厅堂，原来厅里堂前人山人海的拥挤人群自觉地一分为二，中间留出一二丈宽的通道来。我正诧异，一阵急促的锣响，抬着供桌的人飞一样穿过直厅冲向堂楼，又一阵锣响，八位大汉簇拥着关老爷以百米冲刺的速度，也冲进门，穿过正厅，直奔堂楼内供奉关老爷的神位，随之分立两旁的人流如水一样跟着关老爷的神像"漫淌"过去。我也被"人流"冲得站立不稳，直到墙角才立住脚，抬头一看，原来这些簇拥上前的人都是赶着抢到关老爷面前去烧香祈福的。

头茬香烧完，有执事人抬来几张乒乓球桌，在关老爷神像

前摆好，铺上象征华贵的黄绒布，随之我看见堂外的东西南北，涌出许多手捧托盘前来上供的村民，有男有女，有老有少，有家禽家畜的，也有水果糕点的，还有供工艺品的。正当我目不暇接之隙，抬头发现，不知何时，正厅的两侧已经摆上了全猪、整羊的供品，供品边上还有金、银色纸折成的高两米左右的"拜斗"。听说这些描红抹绿、写着"国泰民安"、"风调雨顺"字样的拜斗现在是陈列，或者说展示，送走关老爷时全都要烧给关老爷用以祈福的。

　　一转身，刚才看得我有些眼花缭乱的供品，转眼十几分钟，已经华丽转身，向我及所有围观的人展示了最精彩也最经典的模式。离开关老爷最远一点的是，整只火腿，整条红鲤鱼，还有猪头、全猪等，小山一样的馒头，满托盘细如龙须的长寿面，包出花样的粽子，等等，还有一些体现当地经济特色的水晶工艺品，再往前是十二生肖的米塑制品，或卧或站，惟妙惟肖。生肖前面就是蔚为壮观的米塑作品陈列，五碟为一排，共二十排，每只碟子下铺红纸，纸上或立或飞或游着各式飞禽走兽。我细看一下，一百只瓷碟里天上飞的，地上走的，水里游的，几乎全有。除了点朱涂绛，各式动物按照平日给人的形象，栩栩如生展示给人们看。据说这些米塑作品是每年摆祭供品中必不可少的，都是当地妇女用手捏出来的。我忽然有所悟，迎接关老爷的阵势除了表现杭坪六个庄村民的齐心协力、团结和睦以外，尤其在最后一程的冲刺中，更多的是展示了男人们的胆气、勇武及阳刚之气，而所有陈列在关老爷神像前的供品，则是杭坪村所有妇女们的勤劳、创造和兰心蕙质。大到全猪整羊及两米高的拜斗，小到仅可盈寸的米塑作品，贯穿整个杭坪摆祭，展现的是杭坪人的团结气氛、集体智慧，这才是摆祭之所有久盛不衰的内涵所在。

听朋友说，杭坪摆祭在三十年前恢复时，轰动四邻八乡，一时传为神奇。自此以后，每年正月十九的摆祭吸引了全国各地的民俗爱好者、摄影家、文史专家纷至沓来，前来观摩、采风，创作佳品，从而也使得杭坪这一山村的独特的民俗活动，升格为非遗文化，声誉更是越传越远，越来越受关注。

三百多年前，杭坪先人们为了村庄和睦，邻里相亲，子孙繁衍昌盛，不得已想出的办法，他们做梦也想不到传承到今天，会成为一种文化遗韵，会成为子孙后辈们借以宣传的金名片。无心插柳柳成荫，这也是古人所总结的，但不管如何，杭坪摆祭这种属于民族的独有民俗文化，相信会越来越发扬光大，一直传承下去。

始信人间有桃源

挑了一个风和日丽的三春佳日，偕十余位作协会员去会员水哥的老家踏春采风。据说那是离浦江县城最远也最偏僻的山村，车行一个小时才到。不过，不是途中有十余公里在修路的话，大约四十来分钟可以到达目的地！

我想用世外桃源来形容似乎远离尘世、民风淳朴、近乎原生态的王家山村并不为过。山村呈燕窝形，坐落在半山腰上一个凹处，东南朝向，和周边村子接壤处都有一道高低不等的山岭，仿如和外界隔绝。地势奇特，三面临诸暨，只有我们去的这条路是浦江境，距国家级风景名胜五泄不到十公里路。用水哥的话说，很多地方脚踩的路是王家山村的，路外的路基或许就是邻村属诸暨辖界了。

从浦江最西北的乡政府所在地中余继续向北，车行十来分钟，就见前面有绵延山岭如坝似堤横亘，原来已到王家山南向和邻村交界的鱼岭头。一上岭头，大家的眼睛豁然一亮，迎面一片望不到尽头的竹林，郁黛苍翠，微风过处，绿浪翻滚，煞是好看，许多会员都说以为到了浙江安吉大竹海了。想起水哥在一篇散文里写的"竹浪叠翠"，真是名不虚传啊！灰白的水泥路屈曲盘旋在山腰上，山上山下都是青葱茂盛的树木，假如身居高处俯瞰，这条路一定像一条丝带飘舞在绿海之中。

数分钟后，我们已经穿过绿海，车子停在村前的古祠堂前。不用水哥介绍，大家纷纷被祠堂内外的精美木雕及祠堂的规模气势吸引住了，大家争先恐后地在祠堂里外拍照留念。唯一遗憾的是，木雕上的正面和主要部位被凿平了，这是那个特殊年代留下的"杰作"。不然，听村民说，光一只牛腿也价值不菲啊！特别让人感动的是，村里人见到我们一行人，每一个人都笑脸相迎，仿佛是自家客人一样，如此淳朴的村民，让我们这些平日里楼上楼下也形同路人的都市客，感慨万分。

在水哥的一再催促声中，我们才依依不舍地离开古祠堂，来到了水哥的家。水哥的母亲听到声响，满面笑容地从屋里迎出来，桌上早已摆好了炒熟的金黄而香喷喷的南瓜子。水哥给我们大家泡了山泉水烧的开水，茶杯里顿时舒展开了今年新制的龙井茶，清香扑鼻。水哥介绍整个村子百来户人家喝的用的都是从山上接下来的山泉水，标准的自流水。小憩片刻，水哥带我们去村里转转。据水哥介绍，村子至今已有五百多年，全为徐姓，全村不到四百人，只是和许多地方一样，青壮年大多长年在外打工、经商，只有过年时大多返家，平时采茶、养蚕及种田割稻时也是村里较为热闹的时候，村民靠山吃山，毛竹、茶叶、蚕桑等颇有盛名。

穿行在山村的弄堂和旧建筑里，我们发现村子虽小，文化底蕴很深，作为东道主的水哥显然非常熟悉和热爱自己的家乡，对村里的建筑、屋里的农具什物及村里历史、人文典故，如数家珍，滔滔不绝。我们一起的游伴中，有好几个很少有农村生活的体会，新鲜、好奇，使这次远足给他们启开了另一扇未知之门，是踏春之行带给他们别具一格的视觉享受。大家流

连忘返，饶有兴致地踯躅在古老的石子路上，驻足在粉墙黛瓦的马头墙下，用镜头留下永恒的美丽，用笑语交流着行游的感触。

一顿丰盛的农家饭菜是带给大家的另一份惊喜，水哥父亲种植的青菜、花生米、藕等各式农家菜蔬，水哥母亲去地里山上采来的野芹菜、马兰头、蕨菜、竹笋等时令野菜，还有自家养的土鸡肉、腊肉、土猪肉，加上新鲜做的清明粿、糯米藕等点心，除了豆腐是城里带去的，其余一桌子菜全是绿色食品。水哥告诉大家，这几天男女老少采茶忙，不然，吃自己家常的盐卤豆腐，味道更好。再譬如农家点心，有近二十种之多，时间关系，只好以后有机会再品尝了！看着这一大桌水陆杂陈、色彩纷呈的各式菜肴，可以说大家早就垂涎欲滴，不等招呼，手中的筷子已伸向各自喜欢的菜肴。

饭桌上，水哥征求大家的意见，安排下午的活动：一是去竹山上掘笋、登山；一是去游玩村北有数百年历史的幽西寺及其他景观。水哥告诉大家，小小王家山，自然景观资源非常丰富有特色，古祠堂、古民居、古寺、百米飞瀑、千年老虎洞等。冬景尤为神奇，村子四周以岭为界，岭外浓雾蔽日，岭内的王家山整个村子如雾海仙槎，浮在浓雾之上，丽日高照，煦风和暖，堪称人间宝地。最后大家一致表示上毛竹山登山、掘笋。

饭后，沿着山间小道，我们来到了水哥家的自留山上。几千亩的竹山，远看一望无际，进入其间，我们这十几个人就像几滴水溶进大海，远看，根本看不到人影。水哥是竹乡人，掘笋自然是内行。他告诉我们，找竹叶浓黑的竹子找，竹叶黄黄的是没有笋的。另外，在已经破土的笋周围也可以寻找，一根竹鞭有时候会有好几棵笋，找准泥土往上拱起或有明显泥土裂开的下面，肯定有笋，说不定就因此找到一棵难得的泥地笋。我们这些人现学现用，自然效果不好，上上下下，来来回回，笋是掘到不少，最后水哥一看，说只有一棵是还没破土的肉白味甘的泥地笋。怕拿不动，又看看时间不早了，就提的提，拎的拎，大家一起努力，高高兴兴地踏上归程。回来时，不愿走正在修的路，就从诸暨绕道返回浦江。中途还经过国家级风景名胜五泄入口、大唐袜业城，也不算远，花了一个多钟头而已。

短短一日山乡游，吃得乐惠，玩得开心，游得惬意，看得悦目，大家都说收获多多，不虚此行。有几位文友很认真地对水哥说，回家再造几间房子，我们每年都会来住上一段时间，做一回人间神仙。如果有一天水哥真的回家造好房子，我一定第一个报名，去风景宜人、环境静幽、"而无车马喧"的人间福地、红尘静界王家山，好好住上一段时间。

灵岩山庄 不泯的士子梦

前前后后去了三趟距浦江县城近 20 公里的古灵岩山庄，每一次走在曲径幽巷的石子路上，看着高耸云天的马头墙，转着迷宫一样匠心独具的各式建筑，心里却不免琢磨，270 余年前建造山庄的主人朱可宾，这位富甲一方的朱百万，为什么放弃繁华都市择居在这大山深处呢？是仅仅因为风水原因，还是另有深意？这几百年前的事，缺乏文字的记载，早已成为一个扑朔迷离的梦，没人能够真正知晓了，那么，朱可宾又是一个怎样的人呢？

相传朱可宾在清乾隆元年 (1736 年) 开始在杭州、湖州一带经营木材、靛青染料和茶叶生意，发迹二十余年，富甲一方，号称"朱百万"，期间请高人择祖居地朱宅附近的灵岩山下，修造新居。庄园四面环山，东有浦江绝景之一的朱宅水口、狮象守口、金鱼戏水和栖云洞，南有中华山、元宝山，西有红岩林场和马岭风景区，北有青龙戏茜水，是当时浦江至杭州的必经之处。后这位富甲一方的大财主，修桥铺路，捐资助学，奖优携寒，赈灾济贫，焚券不偿，不胜枚举。《乾隆浦江县志》的人物志"义行"一栏有朱可宾传，称朱"性敦孝友而又勇于行义，凡邑有大兴举，靡不踊跃乐从……捐金三百两买谷以赈……改建学宫创修书院……道路桥梁多所修筑……"

先后去了三次灵岩山庄，前两次是应约采风，在至今保存完好的古庄园里，浮光掠影地穿梭往来几次，耳中听到的是连篇累牍的关于建筑的精巧和神奇，再就是朱可宾有求必应、惠德乡里的善举善行，却没有一个人说得上来朱可宾先生为什么要这样做，或者说朱可宾先生究竟是一个什么样的人，总不至于仅仅是一个成功商人或者说济贫扶困的大善人？而我，或许因为这些年看到的古建筑、古村落太多了，去了两次，依然找不到下笔的感觉。

龙年的金秋，我一个人沐着习习凉爽的秋风，特意又去了一趟灵岩山庄，静静地游览了一趟古建筑，体会一下当年朱可宾造好房子，举家迁居灵岩山庄后，他应该也会这样一个人静静地走遍山庄的每一个角落，看看匠心独具的四马头、六马头、八马头，欣赏同一堵墙上的方窗、圆窗、六边窗，从长方大明堂到砚池，从昆山书房到种学院，再到儒丰居、立考亭……一路走下来，朱可宾的心情是越来越好，他仿佛找到了记忆深处的东西，他的心里获得了一种从未有过的满足。

这是一种什么样的感觉，让沉浮商海的朱可宾内心深处获得一种如愿以偿的满足感呢？这应该就是朱可宾在建造整幢房子前的理想价值，在灵岩山庄得到了实现和体现。换句话说，灵岩山庄的整个建筑，都是朱可宾为了实现自己多年未偿的士子梦的诠释和寄托。

煌煌中华几千年的历史告诉我们，"万般皆下品，唯有读书高"，读书好了又怎么样呢？"学而优则仕"。在朱可宾生活之前的历史上，官吏是一二等的贵人，而商贾之类连九儒十丐也不如，换句话说，朱可宾通过经商已经是富甲一方的朱

百万，但他的骨子深处，依旧觉得读书出仕才是一个人必须走的正道。相传朱可宾经商成功后，捐献巨资给朝廷，乾隆皇封赠其为国学生，其妻金氏诰封为安人，这也足以说明朱可宾骨子深处根深蒂固的士子梦。也许是家庭的熏陶或者是家境所迫，朱可宾别无选择地走上了一条从商的道路，而且做得非常成功。他的名下曾拥有三十六庄（现仅存浦江县城解放西路31号"文学名家"和桐庐姚村、梓州等庄园）、七十二埠及马岭至芦茨的山林，每个庄园都有上百亩耕田。从他的家产我们就可以看出，他虽然称不上富可敌国，但绝对是一位富甲一方的成功商人。可是，眼前的楼屋入云，庭中的金玉满堂，这一切都不能释他内心深处士子之梦的情怀。

我们再回过头来看看灵岩山庄的精心布局，就不难看出朱可宾的一片苦心、万般情愫。主建筑诒榖堂前就是读书园，更奇特的是读书园相邻的建筑，长方大明堂、砚池、长庚居和菜园中特意栽植的大松树，巧妙组合成笔墨纸砚的文房四宝，刚好是相伴读书必不可少的。有诗曰："德道仁池读书园，四宝伴你做文章；学成立德最为先，取仁求义美名扬。"

再接下去的一些建筑命名同样蕴含设计者及居住者别具一格的设计和想法，灵岩山庄地处 S 型呈太极阴阳状的茜溪岸边，交通便捷，一边沿着他自家的大块田园翻过杭口岭就是浦江县城，另一边翻过马岭一路几十里都是他的山林田地，直达富春江边的芦茨，在芦茨湾上船就可以直达杭州等其他经商的繁华都市。站在灵岩山庄前，"茜溪东水疑无路，折西倒流入壶江"，风景绝佳，为什么不取一些风花雪月的诗意名字，偏偏大多是一些和读书有关的名字呢？如昆山书房、桂芳轩、启明居、长庚居、儒丰居、立考亭等，这也不正是说明朱可宾希望以名寓意来寄托自己的情思。除此以外，他自然还有另外一层意思，就是通过这样别致有深意的建筑，留给儿孙。为激励子孙好学上进，他还规定凡考取秀才者奖银四百两和良田二石，让自己的后代来实现自己不能完成的士子梦，来替代他圆一圆未偿的士子梦。

"莘莘学子儒丰居，但求功名立考亭；学海无涯勤是岸，望子成龙坦途上"。"八间八弄双个井，就是不见有水井，原是井字和天井，书香门第出举人。"后人根据灵岩山庄奇特建筑的诗作，认为足以证明朱可宾期盼子孙后代能够刻苦读书，考中功名，借以光宗耀祖的良苦用心。不过，这一切倒也没有辜负朱可宾的殷殷期望，其长孙朱守公（原名朱守纲）为太学生，是位难得的江南才子，至今还有许多地方流传着他为人仗义、机智幽默的传奇故事；后裔朱耀枢曾著书《瞿峰异草》和小说《梦里鉴》，称为民国小说浦江第一人；后裔朱建华、朱小华先后成为留美博士等。自灵岩山庄建成后，270余年来，朱氏一门，其后代出过20余名秀才、太学生，可谓文脉不断，代有新人。

不仅如此，朱氏后人崇文尚武，在谨遵祖训，重视读书之外，练武强身，练出了朱绍粟、朱宗考父子两代武秀才，至今在桂芳轩内还遗存石锁、石墩等练武器材。南面院墙上还留存

清朝嘉庆年间由南屏松竹友人所题的张若虚《春江花月夜》及李白《春日醉起言志》诗两首，书法精湛，时间已经过了200多年，墨迹犹新，令人叹为观止。这一切足见朱氏后人文武并重，学养兼修。

如果说朱可宾在灵岩山庄的建筑上匠心独具，寄寓情思，仅仅对子孙后代有期望读书明理出仕的厚望，那么这只是停留在一个"小我"的境界，一种还没有脱离农民狭隘意识的世界观，他肯定还有更高的追求和理想。无论正史还是野老口口相传，朱可宾最令人可敬的是没有遁入拜佛修仙来完成自身的享乐境界，而是用自己的善行德举，在乡里县里直至当时的金华府、乾隆朝，树立了一块世代相传的功德碑。朱可宾捐资修建浦江学宫、浦阳书院，名动乡里，在临终时还遗嘱捐杭坪义庄108亩良田，庄屋五间，园地四分六厘，以每年的租息资助全县乡、会两试。浦江县内受过朱可宾资助或奖学的人才无数，为此，提督学院王杰送来"泽洽胶庠"匾额，金华知府杨志道赠给"惠及儒林"匾额，浦江知县薛鼎铭、金华知府凌广赤、张鼎治赠给"奇英重望"、"维持教育"匾额。受过资助的举人薛砚封写对赠楹"积公累仁留名乡国，继志述事为贤子孙"。朱可宾为浦江及金华大地教育文化的发展做出了巨大的贡献。凡浦江县内遇有饥饿、旱涝等天灾人祸重大事件，朱可宾总是踊跃捐献钱物，赈灾救民于水火之中。相传朱可宾收留乌儿山黄姓、楼姓始祖，并助其成家立业，致使后来黄、楼二姓立下规矩，世代子孙在每年正月初二必须到诒穀堂拜祭朱可宾，这种习俗一直延续至 1952 年，时间长达二百来年，可见感恩之深。

从一个锱铢必较、精打细算的商人，到一个富甲一方的朱百万，再成为一个重仁尚义、崇才育英、扶贫济困、乐善好施的朱善人，朱可宾通过建造灵岩山庄诠释自己的价值理念，以及以山庄作为载体办学兴教、惠施一方，不仅巧妙地解脱和寄寓了自己内心深处那份难以割舍的士子情结，更可喜的是，他完成了自己人格修养的提升和完善，成为名动乡里、八方传颂的道德模范。仅此一点，朱可宾赢得了一个非常圆满的人生。

孝感泉旁的穿越

浙中大地的冬天，万物萧瑟，百草凋零，连平时人如过江之鲫的村镇市井，也少有人踪，似乎有些败落、凄清的意蕴。宋时因战乱迁徙到浙中小邑浦江的郑氏一脉，家境并不富裕，加上这一年数月干旱，溪水枯竭，连饮水也困难。

当久卧病榻的高堂老母提出想喝一口干涸数月的白麟溪水时，"因母亲'患风挛'，瘫痪在床三十余年，'抱持以就便溲三十余载'未有半句烦言"，待母至孝的浦江郑义门始祖郑绮有些为难了，"天旱，水脉皆绝"，如果白麟溪还有水，全村人哪里还需要跑几里路去找水啊！可郑绮这位当地有名的大孝子，心想连病母这点喝水的小小要求都达不到，自己实在是枉为人子。郑绮当即提锄出门去溪里找水，"挖数向仍不得泉，凿溪数尺而不得水，乃恸其下三日夜不息，水为涌出"。朔风凛冽之下，天寒地冻的溪床，挖得筋疲力尽的郑绮是又累又急，趴在彻骨寒冷的地上嚎哭三天三夜，孝心感动了上苍，甘泉喷涌而出。时人皆感动于郑绮的孝心，将此泉命名为"孝感泉"。

后人时有建修，至今看到的"孝感泉"位于"江南第一家"，沿白麟溪东行百多米，南岸有亭翼然于斯，井呈方形，纵横丈许，却不深遂，井中泉水清冽，澄澈见底。亭后立有石碑一座，"孝感泉"三字为明蜀献王朱椿所书，亭柱上嵌有一联曰："千古风流麟溪水，一泓懿范孝感泉"，为郑氏后裔郑修光所撰。

赵宋的烟云在南海一跳后消失在波涛之中，来自草原的铁蹄在遍布中华大地的时候，同样响起在绿水粼粼的浦江义门郑氏聚居的白麟溪边。墙头大王旗更换了，义门郑氏始祖郑绮倡导的同居共炊不仅没有变，且有继续发扬光大的势头在延续着。孝感泉除了郑氏一脉的后人行礼膜拜倍感礼遇外，一拨拨来自外边的长靴厚裘的远客近宾，来到孝感泉边也会脱帽致意。玄鹿山下，白麟溪边，一个注重儒学、崇尚孝义的家族正在渐渐发轫、繁衍壮大起来。

几番风雨，春又匆匆归去，朱明王朝一统神州，给义门郑氏带来了从来没有过的殊荣和显赫。战争经年，百姓流离失所，生活困顿不安，刚坐上龙庭的洪武皇帝出身草莽，从小就知道连乡间私塾先生都在教育学生"百善孝为先"，就提出"孝义治天下"的开国方略。他想起了曾经亲眼见过的浦江义门郑氏一脉的善行德范，加上当过多年义门郑氏东明书院山长、有"明开国文臣之首"美誉的宋濂的力荐，义门郑氏被朱元璋御笔题为"江南第一家"，一时由孝感泉衍生的孝义和郑氏义门上百年来身体力行的儒家文化，成为了天下人学习的典范。白麟溪畔，孝感泉边，多少仕子儒生、乡绅贵缙、达官富人，全成了孝义之风的追随者，连贵为明蜀献王的朱椿也亲笔题字"孝感泉"三字，勒碑刻字，流传后世。

满清王朝虽以"马上得天下"立国，在治国方面却是最大限度利用了几千年的汉文化。尽管义门郑氏早在朱明时的一场大火中，烧毁了延续三百多年合家举族同食共炊的大同生活，

可几百年来一直贯穿始终、教育郑氏子弟的孝义文化链没有断裂，郑氏一脉分居后，秉承祖训，数世同居依然在散居义门郑氏的子弟中良好保持着。孝感泉边顶戴马褂、长辫摇摆的人流，依旧络绎不绝。孝义文化如一棵枝繁叶茂的大树，在义门郑氏一脉，在泱泱中华大地，益发根深蒂固，坚不可摧。随着时代的发展，中华子弟遍布世界，孝义之风更是东风西进，如水一般，泅开在地球的所有版图之内。

正在神思恍惚、遐思万千之中，我被身旁的同伴双手抓住肩膀摇醒……"你怎么了？"我呆立当地。原来自己刚才和同伴们站在孝感泉边，被导游介绍的孝感泉来历所折服，不由得神思八极，眼前次第出现了孝感泉几百年来历经的始于宋，盛于明，流传至今不衰的场景，仿佛人立当地，魂已穿越了数百年，目睹千百年来江山兴废的朝代更替，沉浮在孝感泉水的枯盈之间，经历了一场超时空的洗涤。

年年岁岁泉相似，岁岁年年人不同。"走了，走了，前面还有很多景致呢！"在同伴和导游的一再催促下，我重又回到现实。万里长城今犹在，何处去觅秦始皇，只有像孝感泉这样众多事物折射出来的孝义精神和思想，才会不朽和流传千古。沐着从白麟溪上游吹来的习习清风，顺着溪边重新修整好的卵石小道，我和游伴一起继续走向义门郑氏孝义文化的庭院深处，去继续领略去深深感悟"江南第一家"积聚数百年所折射出的中华传统文化的特有风景。

南江夕照

一条发源于县域西部山区的浦阳江，把 1800 余年历史的浦江古城一分为二。清澈的江水穿城而过，自西向东，蜿蜒而去。千百年来，县城主要的商业中心、行政中心以及拥有万年上山稻作文明史的浦江人民，憩息居所等大多还在老城区，也就是以浦阳江为界的江北。浦阳江以南在很长时间里，只是一片沃野，成片连亩、阡陌相通的田畈中夹杂着几个村落，乡村风光，宛若丹青新描。近些年随着县城的扩建，城南在短短几十年间，道路宽敞，屋宇连片，商铺林立，街区日趋繁荣。或许是素来已久的习惯使然，偶尔在城南没有买到心许的东西，就会露一句，"去城里买，城里肯定会有。"和老城区灯红酒绿、车水马龙的繁华相比，一江之隔，存在城乡之别其实也不为过。

日日经过南桥，抬头时和别处一样蓝茵茵的天，脚下也是和城区内外一样平坦的水泥路面，桥下也和西边的和平桥、东边的中山桥没有两样，时而流水哗哗，时而溪水淙淙。水的枯盈本来是由季节来决定的，现下很多地方的河流溪涧，水流越来越纤细，和季节没有多大关系，一般都和上游的水库山塘有关，开闸放水了，河流溪涧就顿时变得丰满了，否则，就不好说了。蓄水的目的是为了更好地把自然中的水变成人类私有的东西，可以派上用场，因此上说，人类历史、社会发展到今天，就连河流溪涧里水流的枯盈，都是以人类的攫取多少程度决定的。

如果把南桥和上下游的和平桥、中山桥，还有距离更远的南群桥、丰安桥等相比，外表看上去差别不大，这内在差异就大得不是以道里计了。《光绪浦江县志》上记载，宋哲宗元符中，尚书钱遹在县城之南浦阳江上兴建石桥，名大南桥。大南桥就是百姓嘴里千百年来口口相传的南桥，至今已经有九百多岁的高龄了，相比浦阳江上三五十年的和平桥、中山桥，无疑是八百彭祖之于黄口小儿了。

浦江这个有着 1800 余年悠久历史的古县，一直以来就受着金华的管辖，这一地域早先称之为东阳郡、婺州府之类，现在叫金华市。这个"顶头上司"一直居住浦江县域的南面，这样一来，浦江早请示晚汇报就必须跨过浦阳江，过五路岭，翻太阳岭，然后觐见"顶头上司"。自然，浦江的读书人也必须跨过浦阳江去金华才能考取功名，浦江无论乡绅还是平头百姓，向上一级的讼事纠纷，跨过浦阳江同样是迈出了第一步。也就是说，近千年来，南桥在浦江，在官家也好民间也罢，起着举足轻重的交通作用。

千年前的大南桥是个什么形状，"石桥"两字显得笼统，是乱石垒成，还是条石砌就，只有很少甚至基本湮灭的古诗文留下片言只字，同样模糊不清。200 年后的元朝，有"浦阳江上大儒"之誉的吴莱先生所吟咏的"浦阳十景"中的"南江夕照"中写道："竹籁晚深樵弛担，莎根秋短牧归群。"站在桥上，可以看见樵夫荷柴、牧童晚归的寻常景致，想来当时的南桥尽头肯定是平畴沃野，阡陌交通，屋舍静谧，鸡犬相闻，南山巍峨，一径南去，俨然一派田园风光。南桥屹立在浦江的母亲河浦阳江之上，风风雨雨，清乾隆年间金华诗人曹开泰的《南江夕照》诗里写道："江流谁碎碧玻璃，白板桥边落日西。倒卷林峦千片合，横吞楼阁一城低。水天客有桑榆感，彩翠人疑辋画溪。远树又看新月上，渡头鸟雀自争栖。"这些依然可以看到。南桥上观赏到的景致，仍然是草长莺飞、醉人春色般的田园风光。只是"楼阁一城低"这一点让人浮想翩翩。站在南桥之上，千年古城浦江尽收眼底，北望"烟柳画桥，风帘翠幕"，虽没有"十万参差人家"，想来也是街衢繁华，非常壮观了。南观山岳绵延，田畴翠绿，碧树成荫……桥下更是静水流深，舟楫往来，渔歌互答。南桥上下，景色若斯，不是画中，胜似画境。如若正是夕阳西下之际，远眺霞光高映，流金淌银，又如烘炉方炽，金光万道，水天一色，交相辉映，令人叹为观止。"南江夕照"由此而来，名不虚传，也因此成为"浦阳十景"之一。

　　岁月的河流也像南桥下浦阳江的水一样，始终是积极向前的饱满姿态，一刻也不停息。19世纪50年代，在南桥下登上一叶竹筏，可以享受两岸景色的视觉盛宴，悠悠如闲庭信步，一直顺水荡去，直到省会杭州。千里江陵一日还，想来平常走路需要两日路程的，漫漫三百里水路，在浦阳江里竹筏悠荡，游玩一般也就"一日还"了。此后的二三十年，南桥的雄姿基本没有多少改变，巍然高耸于浦阳江之上，虽屡有修缮，仍一

如几百年前的雄姿奕然，不由人不羡慕它的青春一直神采飞扬。从仅存的几张老照片上，我们看到江岸远低于桥面，人们过桥跨江都得先登引桥的台阶，然后身处高高城墙一样的桥面上，依旧城里城外大多一目了然，也依然看得见远处水面上因为夕阳晚霞的映照，波光闪闪，如万千锦鳞游泳，煞是壮观。

弹指一挥间，近三十年的浦江古城发生了翻天覆地的变化，城区面积一扩再扩，浦江两岸的建筑鳞次栉比，高楼低屋比沿岸的柳树还要密密麻麻，原先的南桥已经无法承载来往的车水马龙。20世纪80年代的开首之年，终于成为了这近千年古桥之殇，原桥拆毁，减缓了引桥的坡度，桥也成了水泥钢筋的混搭，大石桥除了栏杆上那几只石狮子，再也看不到浦江先人构筑精美石桥的高超技艺。

从此桥南桥北连成一体，江南江北同居一城，记忆中的南桥不再出现在人们的眼中。诗人们吟诵的"一城低"，永远也找不回那种登高望远激扬文字的感觉了。随之消失的还有南桥更精髓地伸到骨子里面的东西，这就是让南桥千古流芳、古往今来文人墨客吟咏的夕照。浦阳江水不要说可以撑竹筏，隔三差五，看到的只有江底黑黝黝的淤泥了，不必说水天一色，早已是明月照沟渠的大煞风景了。

古人有云，纸上得来终觉浅。历史一如浦阳江水一样不断向前发展，许多记忆里美好的地域人文也随历史的流水流淌走了，这一切美好的记忆，如果只能到纸上去求得，又何止是一个浅字可以说得清的。

三角潭 心灵放牧之旅

　　放牧心灵，是我这次答应赴老同学之约去三角潭林场的初衷。车子刚穿过新开通的杭口岭隧洞，夹杂着山野清香的风就长驱而入直扑窗口的我，顿时，在城里喧嚣的环境中被熏染得整日昏沉的头脑刹那间为之一清。我暗忖：也许这次出游是对的。

　　三角潭林场坐落于浙江中部浦江西北部山叠嶂水潺湲的大山深处，由于山高林密，风景优美，俨然世外桃源。据同行的同学方君说，这里几万亩山林和近千亩茶园，原来是县林业局下属国营林场的宝地，被一位原林场员工承包后，这位颇有经营头脑的员工利用林场的房舍开辟了原始自然的山林游，想不到竟引得县城里和附近城镇的游客纷至沓来。故这次方君和另一位同学薛君联络了在县城里的十余位昔日同窗，去三角潭作一次身心放松之游、山水亲近之旅。事实上我们这些人都是从县里西北部最偏远的山村里走出来的，这一次的出游倒称得上是重温童年的乡村生活之忆。

　　康庄工程是实实在在的民心工程，即便是山区县的浦江小邑，水泥路或柏油路也一直通到每一个行政村。这也使得我们这些双腿患有走路萎缩症的所谓"城里人"，可以驱车到达县内的每一个角落。汽车直达三角潭林场，以前是不敢想象的事，来前有同学说车子可以直达林场，这让我感到非常惊讶又十分高兴。

　　事实上，这次是我第三次赴三角潭林场。十八年前我曾有幸访游过三角潭林场，那时我在老家的乡中学代课，一同执教的蔡君告诉我高中同学方君林学院毕业分配在三角潭林场工作，约我们暑假去林场玩。于是在那个酷暑如火的 8 月，挑了一个日子，我和蔡君从任教的学校骑着自行车到三角潭林场进行了一次处女之游。

用"绝代佳人"、"惊鸿一瞥"来形容我第一次游三角潭林场的感觉似乎并不夸张。尽管我们骑了数十里路的车后，再推着自行车走十余里山路才到方君同学上班的林场，又累又饿的我在到达林场的时候，就被林场屋舍"结庐在人境，而无车马喧"的幽雅环境镇住了。四顾群山拱卫，松苞竹茂，谷中一泓清流，从林深处屈曲而来，环绕屋前蜿蜒出山而去。在这里，可以听各种风儿在花间、在林梢、在山谷、在山巅低吟浅唱，可以看各式花儿或紫红，或绛黄，或玉白，或茄蓝，点缀在这极目碧涛绿嶂之中。在这里，绝对听不到尘世间的俗音庸调，入耳的都是远离人间的自然天籁，用梵界净土来比喻可以说甚为恰当。尤其饭后我们一起去三角潭及原始次生林游玩时，更是如入山阴道上，让人流连忘返。几块巨石浑然而成的三角形水潭虽水深可盈丈，但水清见底，连沉积水底的枯枝树叶都历历在目，往来穿梭的小鱼如闲庭信步，丝毫不管我们这几个大惊小怪的不速之客。走在林间小径中，许多叫不出名字的各色野花仿佛在列队迎送我们，已经成熟如铃铛一样整串悬空挂着的是野生猕猴桃，调皮的松鼠在我们身前的树上不停地蹿上跳下，最有趣的是一只比家鸡身形略小的五彩斑斓的山鸡，在我面前两米左右的地上蹦跳着，我快一点它也快一些，我慢下来它也停下来，仿佛在故意逗我玩似的。

此后两天我们都在林场四周游玩，我们还穿过原始次生林越过一道双峰对峙宽不过数尺的山岭，来到离林场数公里的一个叫畔坑顶的山村，那过程仿佛武陵渔夫误入桃花源。我们傍三角潭边的一条尺宽小路上山，山路蜿蜒屈曲盘旋而上，先穿过一片杂木林，再进入一片翠绿的毛竹林，极目都是密密麻麻的如枪似戟的青青茂竹。越过一个山坡，就进入了闻名遐迩的承载树木历史底蕴的原始次生林，那些挺拔如擎天柱的古树古木，大的须人合抱，小的也径逾数十公分，引得我们童心大发，从这棵跑到那棵，从小的抱到大的，静寂的山林里到处飘荡着我们的笑声。顺着林中的盘山小路穿行，林尽处发觉路已进入了两山夹峙的一条缝隙间，原来我们前方的路是从两山中间穿山而过的，"初极狭，才通人，复行数十步，豁然开朗。"我们的眼前虽没有"土地平旷"，却分明"屋舍俨然"，亦有"良田桑竹之属"。我们下岭来到村子里，所见的人都非常热情地和我们打招呼，真是"黄发垂髫，……咸来问讯"，活脱是桃源古风。

两天后我们告别同学方君回家，我心里大有流连忘返之意，只好在心底里留下有机会再游三角潭的夙愿。事实上三年后我又到了一次三角潭林场和畔坑顶村，那是因为我执教的班级里有一位学生是畔坑顶村人。我代课生涯中为了更全面地了解学生，以便更好地和学生沟通，一般每个学生我都会进行家

访。因此第二次到三角潭林场是家访路过，时间匆忙，就什么美景也顾不上了，就好像坐火车经过某个城市，连走马观花都算不上，亦如三千弱水连一瓢也不取，剩下的就全是惋惜了。当然有时候遗憾也是可以弥补的，比如再游一次三角潭林场不就可以如愿以偿了。因此我对这次和同学们一起踏上三角潭之旅是抱有很高的期望的，相信这一次一定能够解我这十几年来对三角潭魂牵梦萦的相思之苦。

车子的飞驰中，感觉山影越来越重，而山风也仿佛经过青山碧水的洗礼，益发清纯和撩人情思了。此时的车子已离开县道拐上直通三角潭林场的乡间公路了，不用说，让大家为之神往的美景正在一步步靠近。由于山路蜿蜒曲折，往往是山穷水尽了，却峰回路转别有洞天。这时候我才陡然发觉我们犯下了一个致命的错误，因为我们的车子为了安全，一路上喇叭声不断，原本寂静的山野一次次被粗暴地侵犯。其实在只有天籁之声，没有尘世俗音的三角潭林场，用我们的双脚轻轻地来轻轻地去，应该是最佳的游玩方式了。这样不仅是尊重自然，更重要的是只有这样才能把自己和大自然融为一体，让自己忘掉红尘中的荣辱得失、喜怒哀乐，真正得到心灵上的彻底放松，感受三角潭林场这片凡间"净土"带给每一个人心宇澄清、物我两忘的超脱境界。

一个多小时的旅程很快结束了，车子已经泊在那些很有点岁月的林场屋舍前面。我一下车，就惊诧于我们停车的周围居然停满了大大小小的车子，再就是耳膜中传来了在城里最熟悉不过的打扑克和搓麻将的喧哗声。我的心突然间被什么东西狠狠地戳了一下，我在一刹那间明白过来，一十八年前对三角潭林场的那份美好感觉将荡然无存，一十八年来的相思之苦只能是付诸东流。此时此刻，我才明白，三角潭林场已经早就不是"去年今日此门中"了。是啊！十年生死两茫茫，一十八年这世上已不知发生了多少变故，这人间的"净土"还能够坚持得下来吗？

山还是那些山，风景也似乎仍旧是那些风景，但我们再也找不到我留存在脑海中的幽雅静寂之美。不管你徘徊三角潭边，还是留恋翠竹修林中，到处都可以碰到和我们一样游玩的人。每每碰到一拨拨的人，我在心中暗忖：他们之中不知有没有和我一样的人？如果有，他也一定和我一样非常的失望，乘兴而来，扫兴而归。最让人暗自神伤的是当我们一行人翻山越岭来到畔坑顶村时，再也看不到当年的桃源古风了。村里十室九空，青壮年都出山去打工或经商了，只有几个老人在守护祖辈留下的家园，本来不大的村子显得更加冷清，似乎带点萧瑟的样子。我们不敢久留，稍作停留就过岭下山了。

应该说这次三角潭林场之旅，对我们久别山乡生活、困居都市的人来说，是比较开心和快乐的，也是有所收获的。但很长时间过去了，我的心依旧无法平静下来，这恐怕与我去之前的期望值太高有关系。我一直把三角潭作为藏在我心底最深处的"香格里拉"，没有一丝污染，是上天恩赐给我们的凡间净土，而这一切现在都被人类的脚步踩得面目全非了。尤其是桃

花源一般的畔坑顶村的冷寂状况，使我想到生我养我的故乡。每次我回家去看望父母时，见到的也都是老人、妇女和儿童，许多家实际上已经成了空巢。时代的瞬息万变，带来都市日新月异的变化，可为什么我们的乡村却日渐式微呢？我怎么都无法回答自己，也因此让我的心从三角潭林场回来后一直无法轻松起来。

侯中路 一路风光堪入画

出浙中小县浦江西，穿杭口岭隧道，一路苍翠入目，令人神清气爽。

车行十余公里，省道右侧出现一狭窄谷口，两山夹峙，一条岔道蜿蜒伸向苍翠深处。岔路百十米尽头豁然开朗，良田阡陌，绿树翠合，屋舍俨然。站立谷口坡顶，一派田园山居风光，宛若山水画意境。这就是荣获浙江最美十大公路之一的侯中线起点，此地称谓侯树岭脚。

从侯树岭脚到中余，全长二十多公里路程，我一年之中，不知要经过多少次，路的西南是古称天地间秀绝之地的浦江县城，这些年我打拼事业栖居的家。路的东北终点——中余，是浦江最边远的乡镇。中余再往北七八公里就是我的生养故土，我的年迈父母至今还住在老家。时光荏苒，这条通往我家乡的公路几经变迁，想不到荣膺到"最美公路"行列，真让人不免有沧海桑田之感慨。

几十年间，从一条简陋的乡间公路，到如今双向四车道的高等级通衢大道，简直换了人间。我不是一个亲历者，我却见证了几十年来，这条路一次又一次的改造和嬗变。这条路带给我的许多记忆，件件桩桩，恍如昨日，难以忘怀。

二十多年前，几个小伙伴相约从老家骑自行车到浦江城里，百余里路没有一处是水泥路或沥青路。一路尘土飞扬，偶然遇到一辆汽车，车后扬起的漫天沙尘，在我们每个人身上盖

上一层黄沙。狭窄的路面容不得我们有机会躲避，不幸发生了，在杭口岭长长下坡的沙土路上，一位同伴在避让汽车时，在厚厚的沙砾中滑倒在地，车子还好，人却多处挫伤。近四个钟头的跋涉，好不容易到了县城边的一个熟人处，我们全身上下覆盖了一层厚厚的黄沙，连眉毛上都沾了黄土，一个个成了"土行孙"。

很长一段时间里，到中余的班车少，每次坐车被挤得半死，加上车里放一些山里土产，不要说座位，有个立足之地就很不错了。有次我坐车进城办事，时令已是晚秋，窗外枫叶如火，车内人与人拥挤闷热得也能冒出火花，结果，不到一半路程我就中暑，一下子晕倒在车里，吓得司机一路驾车狂奔，在就近的大畈卫生院边让我下车就医。车次少，路况差，我每次回家很不方便。从城里坐上班车一路颠簸，两个多小时车子才能到中余，剩下的七八公里路只能用双脚丈量着回家，回趟家起码需要半天时间。后来出现私人营运的三轮车、小四轮，可以再搭三四公里路，再走剩下的三四公里。一直到村村通公路，在中余包一辆三轮车、小四轮，才可以直接到家。

通往村里的路修好了，县城通往中余的路更是日新月异，沙土路、水泥路、沥青路，从单行道到双向四车道。路日渐平整宽畅，往返的车次越增越多，直到21世纪初，我自己买了一辆小面包车，回家时间从半天缩短成两小时。近几年侯中路再次拓宽提速，我从县城家里起床，一个小时左右就可以坐在老家屋里吃上母亲做的早餐。以前是晨发午至，现在如邻居间串门一样方便，侯中路缩短的是回家的时间，拉近的是不泯的亲情。

路变宽变好了，回家的旅程变从容了，步子可以放慢了，一下子从以前那种匆匆又匆匆的步履神态中释放出来，视线也转向旅途的风景中来。生活中其实蕴藏着许多美的事物，当我们放慢脚步俯下身子，许多平时从来不曾发现的美就会扑面而来，有时，甚至让你应接不暇，美不胜收。这就是我驱车在回家路上缓行的真切感受。

就如侯中线这短短几十公里的路程，你驱车缓行，除了无边无际的绿树苍翠，古村落、古桥古寺等一系列的人文景观，如星星一样点缀在一路绿荫之间，明明暗暗泛着光泽，一片闪烁。如影随形的壶源江，清澈透亮，一路浅唱低吟，在和中余溪交汇后，再辞别侯中线，奔向富春江的怀抱。试想群山峻岭之间一灰一绿，一动一静，灰的是侯中线沥青路面，绿的是壶源江碧水流淌，如两条巨龙腾跃挪移，何等壮观！

恍然觉得，这一条如玉带似巨龙的侯中线，更像一根神奇的纽带，串联起了侯中路沿线的奇山秀水、人文历史景观。从侯树岭脚始，一路行去，不论群山绵延，翠华重重，曲水蜿蜒，清澈见底，更令人惊喜的是，扑面都是人文景观：虞宅村的千年席场桥，浦江境内仅存的廊桥，西山村后的晋朝古寺石井寺，大畈村的神奇白岩山、古石拱桥，上河村的千年银杏树、清朝的吕祖师祠和后山殿，平湖村的古民居、千年大洑堰，寺前的惠云寺址和"檀溪八景"，佛堂店有明朝古佛堂的传说，五星村的栖云古洞、古石拱桥，等等，还有沿线支路罗家村古森林、古民居，潘周家的"盘洲八景"，冷坞村的千年古庵，千年古道淡竹岭，下吴畈里十八村的自然景观，蒲阳村的古民居，养元坑村的"红色基地"，王家山村的大竹海，"浦江飞地"幽西寺，等等。

　　一路向北，人在车里，车在画中，整条侯中路沿线，宛若一幅硕大无比的全景式山水实物画，峰峦起伏，错落有致，山水村落，掩映成趣，屋宇溪桥，合适有度，构图大势逼人，意境清远高旷，不愧为浦江风景最美的西北地域。假如黄公望先生有幸到过浦江西北侯中沿线，除了以富春江为主的名作《富春山居图》传世，他肯定还会情动于中，以浦江西北侯中线这一段奇美山水为主题，再画一幅譬如"浦北溪山图"之类的传世佳作。

　　一个可以让人流连忘返的地方，不仅仅只有奇丽秀美的山水自然风光，更需要以丰富的人文历史来承载，两者珠联璧合，妙然天成，才能成为真正意义上的风景名胜。在这一点上，满路风光堪入画的侯中线，称得上是名副其实。

桃岭 那场民国的雨

1929 年，浙中小邑浦江，一场透雨下得连人头发梢头都仿佛沾了水气，湿漉漉的。时值杭江铁路正处在即将开工的热火朝天之际，局势相对还算平稳，四面群山环抱的浦江县城，集市热闹如旧，熙熙攘攘，人来人往。大西门外翻过陡峭桃岭的西乡人，几天一趟依旧来城里，背根竹木来换取钱粮，以赚取数天的安生日子。

"这天是不是漏了？"城西石马头村的张序模站在自家的屋檐下，不由得怪起这阴雨绵绵的老天爷来。以前站在家门口，看到桃岭西边山里那些父老乡亲，一头大汗、浑身疲惫地背着、挑着自家出产的毛竹、树木及山货，或者从县城挑着、背着粮食或生活用品，从自己门前缓慢走过，心里就替这些山里乡亲们感到痛惜。自古华山一条道，从城里大西门出城，去山里西乡廿四都石宅只有翻越桃岭一条道，除此之外的杭口岭比之桃岭，更加峻峭难走不说，路程还绕了一个大圈。这几天的连绵阴雨，这些从门前走过的山里客，有的浑身上下全是泥水，有的甚至鼻青脸肿，一问，才知桃岭泥泞难走，十人倒有八九人，上下桃岭都被滑倒摔跤，还有的滚到山下爬不起身的。

张序模坐不住了，这个平时在村里修桥补路、乐善好施，还在村里出资办了一所学校的石马人，心里下了决心，去桃岭实地看一看，能不能找到一个办法，帮山里的父老乡亲一把。他不顾老天依然下着大雨，撑一把金黄色的油纸伞，一头走进

雨中，向着七八里路外的桃岭脚走去。

和张序模一样望着雨帘叹息的不止他一人，桃岭脚村的楼凤起也站在自家门口，咒骂这可恶的老天好几天了。他比张序模更清楚，村后这条千年古道，自从这桃岭山前山后有了人烟后，就有了这条把县城和山里西乡廿四都石宅数十个村子联系起来的官道。后来还渐渐延伸，这条从县城西来的官道，翻过桃岭，串联起西乡数十个村落，继续西去，一直延伸到桐庐、严州，从严州府上船，可以直达省府杭州，成为浦江小邑到省府杭州的另一条通道。千百年来，这条古道，都是民间热心人士，筹钱募捐，召集民工修缮的。近年来，由于战乱动荡不休，百姓连自家生活都担惊受怕，哪里有心思来顾及公益事宜？这桃岭多年失修，原先的石板路早已破败不堪，整条路已经疮痍满目，狼藉一片，天晴还好，遇上雨雪天，踩一脚滑半脚，有时候甚至滑到路下山林间，被树枝杂柴划个鲜血淋漓。可是真要着手去修缮好整条桃岭，这修缮费用可不是一笔小数目啊！楼凤起每每想到这里，不敢想下去了。

雨还在下个不停，山上下来一个个被摔得一身泥泞的西乡人，还在村前陆陆续续走着，楼凤起望着老天只有无奈地摇头。突然，他看到一个高高擎着一把黄雨伞的人，慢慢穿过村子，来到了村后桃岭脚。看着有点熟悉的身影，楼凤起心里一喜，这不是石马头的张序模吗？都说他一向乐善好施，这下雨天突然出现桃岭脚，莫非……

楼凤起觉得应该去碰碰运气，即使他到了这里，不是为桃岭来的，把自己的心思和他说说也好啊！他赶忙从门后拿出竹笠，披上蓑衣，冒雨追了上去。

一见面，两颗热心公益的心顿时碰撞出了相同的炽热火花。这一场让人厌烦的连日阴雨，使一棵生长于民国民间的公益之苗，就在雨丝飞濛中，在张宇模和楼凤起等的短暂话语中，萌芽、生根并发芽、茁壮成长了。

在张序模等的发起和召集下，加上桃岭脚的楼凤起、石狮头村的张三星及程家的张咸林等，一个决心彻底修缮桃岭古道、体现善心德举的小组成立了。有钱的出钱，没钱的出力，诚如在后来的《陶然亭茶路会碑记》中所述，"诸善士助产输金，不遗余力……"大家纷纷用行动来表示自己的善举。采石的采石，捞沙的捞沙，缺石的补上青石板，路中间只有一块青石板的路段，青石两边砌满鹅卵石，……众人拾柴火焰高，短短几个月，整条桃岭焕然一新，从岭东的桃岭脚到岭西的中村，再也没有一处泥巴路，或青石台阶，或青石板居中，石板两边砌就整齐的石子路，遇上雨雪天，上下桃岭，再也不用担心路滑难走。走在桃岭古道上，古木森郁，雀鸟和鸣，杂树生花，野果溢香，昔日危途难行，顿时变得如在山阴道上，令人赏心悦目，心旷神怡。

众所周知，这条路还是西乡通向桐庐、杭州的古道，这些热心人士还在岭东修筑了一个亭子，考虑到翻越桃岭的过往客商可能会遇上的困难，亭内特意准备了走夜路的灯笼蜡烛，登山爬岭方便的草鞋，还专门辟出一个小房间，准备好床铺被褥，让过路人万一错过宿头可以在亭里休息一晚。

当年农历十月廿三，所有修路发起者"凡四十七人"，齐聚亭中，以茶代酒，总结桃岭修缮以及商量其他积善行德事宜，再次商量在此亭中进行施茶等义举，并从此立下规定，每年农历十月廿三，在"陶然亭"以茶代酒进行聚会，商量新一年施茶修路等义举之事宜，名其为"陶然亭茶路会"，整个义举后来被勒石立碑于亭中。当时有一个人专门捐出自家的一丘田，其收成作为施茶资费，约定每年农历四月下半月到九月半这五个月，供过路客免费饮用。施茶修路，筑亭休憩，这些都是给"行者便、息者便、渴者便"，感觉此举真是"恨事而成快事者……一乡之优点，一乡之快事乎？"所以此茶亭也得以命名"陶然亭"，其实也正是说出了修缮桃岭古道和过往桃岭古道所有人的心意。这份善心德举让这数十发起人付出钱物及心力难以述说，可这些生活在山上山下乡村里的普通百姓，丝毫没有居功之意，反觉得这是一件快事开心事，显而易见，这些人的心胸和境界，确是非一般人可以望尘追及的。

从破败不堪到修缮一新，此后几十年的桃岭古道，一直承载着浦江县城通往西乡石宅以及桐庐、建德甚至杭州的重要通道作用。直到20世纪五十年代，从县城翻越杭口岭的省道公路通车，部分出行的西乡石宅山里人，可以走到杭口坪坐上汽车，很轻松的直达县城。一直到20世纪七八十年代，汽车通往石宅深坞山村，除了极少数舍不得花钱坐车外，大多数人出行选择坐车了。桃岭古道渐渐人影稀少，施茶修路义举才告以停止，这条古道慢慢地被冷落、被荒芜起来，以至于二十多年后的新世纪，很少还有人记得这条历史悠久、业已几近湮灭的千年古道了。

寂寞古驿道，山花开无主。就像一坛被密封数十年的窖藏老酒，千年桃岭古道，在静寂沉睡和默默无闻几十年后的2010年，被一个叫江东放的文史爱好者，无意中揭开了坛盖，顿时馨香溢满周边。一身天然无雕饰的村姑一样的桃岭，由于质朴，由于原生态，让无数亲近桃岭的人眼睛发亮，恨不相识多年成深交。

近些年一直致力于浦江地方文化发现、挖掘和收藏的江东放，祖祖辈辈也是桃岭西边数十个村落里其中一个叫派顶村的人。对于桃岭以及桃岭的一切，只是他父祖辈的经历和记忆，对于从小离家在外就业，从来没有踏临过桃岭古道半步的他，桃岭或许只是一个传说。

他和几个朋友是为了桃岭脚村那个叫作"陶然亭"的破旧亭子里一块石碑赴约的。小山村里有这么一块石碑，究竟会记载一些什么东西，他想去实地看看，想来也不过是村里一些公德约束之类吧！

当江东放和朋友们擦干净石碑上的尘垢，一字一行看清楚那些尚能分辨的字时，一个个震惊了，原来这块称为"陶然亭茶路会碑记"的石碑上详尽记载了发生在民国十八年修缮桃岭的事宜。抱着半信半疑的深情，他们敲开亭子隔壁住户的门。真是无巧不成书，隔壁人家正是当年修缮桃岭后，安排在"陶

然亭"烧水施茶人家的后人，这一下就算彻底揭开当年"茶路会"修路积善、彰行德举的往事盖子了。

看着村后如龙一样屈曲向山上盘旋的桃岭古道，仰望松苞竹茂之间山岚流云掩藏下的千年古道，江东放和朋友们突然感觉，这荒废的何止是一条古道啊？这是一种传统文化的遗弃啊！想象当年张序模、楼风起等四十七人，贴钱贴力，召集四乡八村的父老乡亲，大家出钱出力，不仅修好破败的桃岭古道，又安排人手施茶济困，让惠及乡民的善行德举，一直延续下去，这不就是几千年来国人一直弘扬的济贫助困、乐善好施精神的最好诠释吗？江东放决定尽自己的力量，对桃岭进行宣传和推广，让更多的人知道桃岭，让更多的人来桃岭体会先人的足迹和高风亮节。

就在江东放等极力推荐桃岭，期望桃岭能够走入更多人的视野之时，一件让人感动令人起敬的事，再次发生在桃岭所在的桃岭脚村。八位平均年龄超过六十的老年妇女，自发组织起来，带上干粮，上山修路了。她们不间断地花了数个月时间，用柴刀砍干净路两旁的杂树茅草，挖出被泥掩盖住的石板，填平已经丢失石板的路面等，前后几个月，让再次来到桃岭的江东放等呆住了。千年古道桃岭，已经以崭新的面目出现在大家跟前，整条道路干净光洁，哪里像是荒废几十年的山道，好像一直以来有人行走，从来没有断过来往客人。江东放等站在古道口，想到的是，近百年前那场民国的雨，那场几十个乡民发起的善行德举的雨，事隔这么长时间，竟然还有如此悠长的余风流韵，让这八位老年妇女没有一分报酬，心甘情愿奉献了几个月时间，为大家也为历史还原了这条千年古道。

走在秋天的桃岭古道，除了感念那场民国的雨带来的"茶路会"善举，更多的让我们在这古道上体会到一种别致的轻松和惬意。在磨砺得有些发亮的青石板上，闲庭信步，眼里看到两旁郁郁苍苍的各种树木，充满生机和活力，耳中听闻的是各种鸟儿虫儿的啼鸣，无拘无束，自由自在，对于一个整天生活在烦琐芜杂、名利社会烟火生活中的人来说，无疑这是另外一种生活状态，是平日里奢望已久的。

站在今天的位置，跳出桃岭再回首看桃岭，竟会产生一种新颖的感觉。桃岭不仅可以成为缅怀先人善行德举的活教材，桃岭，其实更可以成为现代人心灵释放的另类平台。任谁走在落叶满地、鸟鸣花香的古道，那份原生态的植被，那种古道幽思的禅味，相信每个人都会心怀归拢，一身轻松，自在惬意。再回顾走在民国那场雨中的张序模、楼风起等人，现代人对桃岭这样的定位，恐怕是他们做梦也始料不及的。

龙蟠福地派顶村

知道派顶村，是因为在万千熙熙人群中认识了江东放。当我披一身冬日灿烂的阳光，立在我向往已久的派顶村前，还是因为江东放。这个坐落在浙中小邑、浦江西部群山环抱的山村，就是好友江东放的生养故土。

不敢说跑遍三江六码头，平日里也算自诩足迹跑遍大江南北的我，未及踏进派顶村的村里，就已经莫名地喜欢起了这个我还来不及一睹芳容，迄今已经在这块土地上休养生息六百多年的小山村。

从山下一条蜿蜒通向山上的水泥道拾级上山，除了这个村子最为优秀的儿子之一——我的好友江东放，站在村口用最热情的笑容和热切的神情迎接我们外，这个叫派顶的村子，安排了我迄今为止见过的最为隆重也最特殊的阵容来迎接我和我的一帮好友。

几百米村道的两旁，都是笔直、挺拔地站成哨兵一样的树木，有指头粗细的近年刚长成新林的幼苗，有大若一人甚至几人合抱的几十、几百年的各种如红豆杉、枫树、苦槠、麻栎等古树木。不用说，这些古树名木，很多都是饱经风霜、历经几百年风雨、见证这个村子数十代人的长者，不管哪种树木，都一律站成自己最威武的姿势，在路的两边，列兵一样，非常壮观，使得我这个远道而来的客人，面对这么多或苍老慈祥，或淡定睿智，或年轻好奇的千百种眼神，心里惴惴的，连脚步也不由自主地变得庄重起来。我感觉我的四周，不是各种神态迥异的树木，分明是在接受派顶村六百年来数十代人的审视。

在接受他们审视的同时，我一路都用一种虔诚和凝重的眼光，尽量在心里和这些树们进行交流和沟通。我有些忐忑地穿过这么多树木的眼光，期冀这些村里几辈或几十辈的老人，能够很乐意地接纳我这个无意中打扰了他们清静和超然生活的唐突客人。

穿过村口密匝匝、黑压压如哨兵一样的风水林，我的面前豁然开朗，一个巨大的山坳一身光鲜地站在冬日和煦的阳光下，派顶村静静的，纯净无邪得如处子一般，带点茫然和不解地接纳着我们这一伙远道来访的客人。安静如山坳的还有村里百十幢各种样式的村居，或粉墙黛瓦，那都是几十岁甚至几百岁高龄老人一样的古民居；或灰墙红瓦，都是近年或稍长年岁的现代水泥混凝土结构的建筑。沿山而建，次第而升，正如村边那百十丘梯田一样，非常整齐，特别有层次感，仿佛国画里笔法，远抹近涂，浓淡分明，但见，远山近峰，竹木森郁，枫红松翠，桔黄柿橙，高楼低屋，鳞次栉比，阡陌交错，鸡犬相闻，整个画面宛如一张硕大的铺陈在我们眼前的巨幅山居图。只不过，风来竹啸松吟，蝶过鸡啄猫扑，分明是一幅真实生动、活色生香的画卷。

和许多我走过的山村一样，由于岁月的侵蚀，生活的变迁，时代的更替，派顶村这幅活的画面里，出现了多处或磨损或模糊的点和线，一堵残破的黄泥土墙，一处塌陷的屋顶，一

只缺了口的米觥，一条少了两条腿的长凳，……如一张张似开还闭的无牙的嘴，无声地告诉来到它们跟前的每一个人，昨天的辉煌，今天的破败，以至于明天即将到来的烟消灰灭、了无痕迹。

如果说，一个村子就是一个人，我想，如蛛网遍及村子每一个角落的道路，就是这个人的脉络。所幸我们在村里找到了已经磨得锃光发亮的石板路，顺着已经幸存不多的时有时断的青石板路，我们总算断断续续找到了这个古村的历史源头。虽然隐隐约约，我们只是找到这个村子的一部分渊源流踪，充其量不过是派顶村六百多年历史长河里的片鳞只甲，但已经足够让我们肃然起敬。

村口巍然耸立的江氏宗祠里，有副对联的上联中这样写道，"父翰林兄宰相弟尚书……"，一查才知道江氏先祖在两晋世代已经是名门望族，簪缨世家，代有人物领风骚。江氏源出上古三皇五帝中颛顼之后，闻于春秋战国的江氏一族，名文《江乙说于安陵君》就是记载魏国江乙的才学超众，江乙也因此被安陵君拜为上卿，经典故事"狐假虎威"也是出自江乙。盛于南宋，爱国宰相江万里三度为相，一生为官清廉，政绩斐然，直言敢谏，忧国爱民。在国破家亡之际，江万里与其子江镐，毅然率一百八十多家人投池殉国，期待唤醒国人抗击入侵外敌，还我大好河山。这也就是对联中所述说的"父翰林兄宰相弟尚书"，区区一门，出了这么多忠烈显赫人物，不用说肯定是名动朝野、声播宇内的。可想而知，盛名之时受人妒忌或物极必反也是正常的，而下联则道出了派顶村始祖迁徙的路线，"始福建继淳安衍浦邑……"，言简意赅，一目了然。浦邑江氏一门的家谱里，"避迁"两字的背后一定隐藏了太多的内情和玄机。其实，平安是福，自从明初始，江氏一族山居在群峰如屏环拱、碧水如带绕村前的派顶，男耕女织田园生活，粗茶淡饭菜根香醇。六百年了，一派高士在野的隐逸之风，如风似云，多么自在多么逍遥，这或许正是当初派顶江氏始祖看透红尘俗事，所以选择这么一处龙蟠之地卜居的初衷和愿望。

从江氏繁衍的派系还得知，千百年来一个耳熟能详的成语"江郎才尽"中的主人公江淹，居然是派顶江氏一门的始祖第八代，白纸黑字，字字确凿。对这个成语典故的述说，我一直存有疑问，一个以文而名的才子怎么可能有一天突然文思枯竭，执笔在手，半天写不出一个字来呢？我以为真实的情形应该是这位旷世奇才，对自己要求近乎苛刻，每次提笔在手，总希望笔下之文能够超越自己，每一篇文章相比前一篇必须都有一次新的提高。正因为对自己的严格要求，也就使得他自己每次下笔前都必须酝酿许久，正如古人所述"语不惊人死不休"，这种情形，偶尔有一两次笔滞又有什么奇怪的呢！

江山代有才人出，各领风骚数百年，我的好友江东放就是派顶江氏一族出类拔萃之人。他从一个成功的商人激流勇退，来了一个华丽的转身，尽心尽力投身于县域传统文化的挖掘和发现，还致力于地方公益事业，几年下来，成为一个有口皆碑的县域文化的"麦田守望者"。

由于村里有些人家出于交通的方便，近几十年把新房建到了山下的公路边，使得原先都把房子建在盘龙形山坳里的派顶村，如今业已成为山上山下两处屋舍组成，也因此促成了一件好事，就是山坳里老村的那些传统建筑保存下来较为完整。显然，从整个村子的房子来说，近年用水泥混凝土架构的基本模式大同小异，反倒是那些几百年间兴废更替的旧民居，让我们很容易看透村里先人的家境。那些高马头、青砖墙的，显然是比较富裕的，次之就是沙石结构的，再次之或许就是那些如今看上去工艺墙一样的黄土墙。除了青石板路，也有部分鹅卵石铺就的石子路面。现在看去，仿佛让我们看到江氏先人，有穿长衫间短袄的，也有长年短褂的，只是见面，一定都会和和气气，相互致意。都是一家人，其乐融融，那是一定的，再说江氏一脉诗书传世，家学渊源，怎么可能伤了和气。

坐在好友江东放的家门口，冬日的阳光晒在身上，全身暖洋洋的，让人有些慵懒。我们喝着沁着山野清香的产自派顶的土茶，冲泡的也是派顶的山泉水，让人想起龙井的茶一定得配虎跑的水。闲聊的话题就像来自山上山下屋前屋后无根的风，漫无边际，信马由缰。时不时打断我们话题的是来自村里前来闻讯的居民，让我陡然想起"村人咸来闻讯"的桃源里人。再回顾刚才在村里，漫无目的的瞎闯时，遇上荷锄的也好，挑担的也罢，对我们这群陌生人没有丝毫戒备之心，一个个很热情地和我们招呼，笑容满面。他们上山的上山，下地的下地，没有一个因为我们这群不速之客，心里陡起波涛，打乱了他们平静祥和的生活。"黄发垂髫，并怡然自乐"，一切的一切，都让人几疑误入桃源深处。

一起出游的伙伴在和煦的阳光下，放下了日常生活中的一切尘扰，一身轻松，恍如出世，感觉十分惬意和悠闲，纷纷叙说，如此恬静、安逸的生活状态，真是太舒服，也太令人流连忘返了，真恨不得在派顶村这样长住下去。山中无甲子，世上已千年，派顶村就是这样一个让人忘记尘嚣和纷扰，一个很容易让人融入村里那种宁静安逸生活状态的神奇地方。恍然觉得，村口那片密密麻麻的古树古木，形成了一道"不为外人道"的天然屏障，俨然就是进入桃源静境的武陵洞口。我想，这也应该就是我站在村口顿然喜欢起派顶的缘由所在吧！

深闺人未识的田后蓬

近二十几年来，田后蓬成为我绕不过去的一个词。每每在我近乎淡忘之际，它就会突然跳出来，似乎就在提醒它的存在。

二十五年前，我在山里一所乡中学代课时，班里有个姓朱的女生，它的家庭住址填着一个我从来没有听说过的村名——田后蓬。我打听了一下，知道离开学校起码有五六十里之遥，不通汽车，只知道从那条我所在乡中通往县城的唯一公路边，拐进大山深处，有个叫田后蓬的山村就藏在群山的褶裥里。路途的遥远和陌生的地方，成为我多年代课生涯中唯一没有家访过的学生。以后很长时间里说到代课，我的话里总不免对这位学生抱有遗憾。

十几年前到县城谋生后，认识一位姓朱的朋友，他是土生土长的田后蓬人，对家乡的热爱和挚情，经常在我的耳边提起田后蓬，让我即将淡出的那份缺憾，变得好奇和神往起来。这个田后蓬究竟是怎样的一个地方？

友人一次次向我述说了田后蓬的美丽景色和独特经历，也几次力邀我和他作一次实地探访，百闻不如一见，我倒是真的向往去看一看这个在我记忆里盘桓二十几年的山村。可惜不是他耽于公务，就是我杂务缠身，相约数次，最终还是一次次爽约，一次次的期待下一次。

友人的自豪也不是没有理由的，田后蓬在我们这个 900 多平方公里的县域境内，确实有许多它的独特和与众不同。县域内海拔最高的山峰在田后蓬的村后，地处浦江、建德、桐庐三县之交，村里通用一种和本地语境截然不同的"南京话"，还有譬如腊月廿四一定要过小年……

正是樱桃已落、枇杷渐黄未熟之际，一位好友力邀我随他们去一个偏僻山村摘野樱桃，一早就用车来载我了。盛情之下，就登车而去。车子进入县域山区，缓缓驶在连绵群山之间，如一叶小舟颠簸碧涛之中。坐在车里，唯一的感觉是扑进车里的凉风，越来越沾满山野清新的黏稠，沁入心扉，令人神清气爽异常，想象连呼出的鼻息，定然也带有几分绿色。

近一个小时的车程，终于停在一处简陋的篮球场上，发现整个球场上停满了各式牌照的车，应该多是和我们一样下乡找乐子的所谓的"城里人"。朋友下车一问，才知野樱桃的时令已经过了。

既来之则安之，就当郊游了，我劝慰着朋友也下了车。这是一个两山之间、缘溪而居的山村，村落在山谷底，显得两边山势高耸，青松翠竹，一片苍黛。所有的房子都临水而筑，大多是黄土墙泥瓦顶，偶尔有几间新房粉墙琉璃瓦，鹤立鸡群不算，在这个绿树掩映、群山环抱显得古朴、厚重的山村里，很不协调。刚刚从村口进来时，看到一幢旧房子在原有的头楒墙上新砌了马头墙，重盖的瓦片也是棕红色琉璃瓦。感觉所有这些不协调的建筑搭配，就像一个近乎舞台上的小丑一样，上身戴着领带穿着笔挺的西服，下身一条用腰带扎着的中式大裆裤，不穿袜子的脚上，一双崭新的千层底布鞋。

　　一株挂满淡黄枇杷果的树，在流水淙淙的溪边，风情万种地诱惑着走过身边的每一个人。几个小孩子，大的在树上寻找金黄色的可以下手的枇杷，小的站在树下，脖子伸得很长，嘴里高声呼喊着他看见的觉得已经成熟的枇杷，指挥树上的孩子采摘，叽叽喳喳，闹成一片。树下还有一位中老年男子，满脸笑容看着这群欢腾的孩子，时而也会轻声轻气对着树上树下的孩子们说上几句，不见一点愠色。人说隔代亲，估计这些孩子应该属于他的孙子辈。见我们走近，他热情招呼我们，要吃枇杷自己上树摘。一句话拉近了彼此的距离，让我顿时感觉亲近起来。在我们老家山里，谁家屋前房后水果熟了，你当着主人的面，打个招呼，尽可以自己采摘吃个够，不过，临走时除了手里抓一把，不允许打包带走，这样的习俗千百年来口口相传，从来没有改变。这个山村显然也和我老家一样，民风古朴，居民善良，一家来客就如全村人的客人们一样，"箪酒端食，咸来问讯"。

　　假如我们进村的方向是村头，发现我们立足的篮球场，地处山村的尾巴。村尾延续我们进村来的山谷，依旧是两边山峰耸峙，山谷的宽窄完全随着山势而定，山上是茂密的杂柴丛草和大大小小的各式树木，高低错落，装扮得一路逶迤而来的山脉曲线玲珑，凹凸有致。谷地里是顺山势而修筑的坡地水田，看不到经纬分明的水稻，只有每家每户随心种植的绿色果蔬，春玉米已经齐腰高低，马铃薯已经可以挖掘，西瓜只有半尺高三四瓣叶……远处依旧是山影重重，松苞竹茂，一眼望不到头。

山有水则灵，聚族而居的村落更需要水的滋润。从远处蛇行斗折一样融进这个依山建房村居图中的小溪，无疑是这个山村的最大亮点和值得留驻脚步的佳所。潺潺流水，清澈见底，游鱼历历，自在悠游。透过水面看到不过丈许左右宽度的溪底，光滑平整，令人称奇，宛如人工开凿而成。羡慕住在这个村子的人真是有福，这样的平板溪流，可以戏水，可以游泳。长满青苔、缀满青草绿蔓用乱石砌就的溪堤，给人一种震撼的沧桑感，岁月的漫长，年代的久远，它们只是在无声提醒我眼前的山村，就是一个充满故事色彩、具有历史意蕴的老人。

忍不住问询枇杷树下的男子，这个村子的名字。老人含笑相告："田后蓬"。"田后蓬？"我不禁在心里低低沉吟一声，踏破铁鞋无觅处，想不到我误冲误撞来到了那个在我心里脑间萦绕了二十几年的村子。

再一次抬眼仔细打量眼前这个藏在大山深处的小山村，几乎看不到青砖粉墙、马头高耸、庭院深深的旧式华屋豪舍，几十幢大大小小的旧房子都是就地取材用黄土垒成的墙，风雨的侵蚀，褐黄的墙面看上去大多坑坑洼洼，仿佛风烛残年的老人。这里就是传说中 20 世纪初，有村人被土匪绑票，后用平时装谷子用的大竹箩，挑了相当于 130 斤重银块的 1800 块现大洋才赎回，还有全村都是朱姓传人，据说是明开国皇帝朱元璋后裔的田后蓬？自古就有瘦死的骆驼比马大的说法，昔日的皇家贵胄，就是眼前的泥墙土屋，令人不得不再一次相信沧海桑田，物是人非事事休啊！

　　走进村里有着一百多年历史的朱姓堂，这幢村里最大、应该是当年朱姓族人祭祖和议事的厅堂，从墙上粘贴的层层泛黄的纸屑可以隐约看出当年的繁华和历史的悠久。看见我们站在堂前探询的目光和神情，居住在堂两翼的村民纷纷围上前来，告诉我们朱姓始祖当年为了躲避官家杀戮，是从安徽安庆搬迁过来的，一路走走停停，终于在田后蓬这个地方，看到有荒可垦，有水可灌，有谷地可以修屋，留住了奔波的步子，成为田后蓬的始祖，至今已经繁衍生息十余世。田后蓬山高林密，交通闭塞，村里人很少和外界交流，村人至今还能用安徽家乡话交流。为了避嫌和怕官家追查，对外就说是从南京迁移而来，说的自然是南京话，田后蓬人被人称为南京村也因此而来。

　　在村人的热心指点下，我们走进了村中平板溪戏水，找一找已经失落多年的童趣孩乐。村后的苏州庙，据说是供奉苏州老佛的，浙中一带，除了佛教中的如来、观音、弥勒佛之外，还有更多的地方神灵如永康胡公、县域城隍、村落土地、山神龙王，等等，苏州老佛却是闻所未闻，想来这是田后蓬的独一份，还有半山无名山洞，连村民都不知通向何处。超过千米高度的县内最高峰，百米高低落差的瀑布，几十米高矮不一、形式迥异的各种石笋，无不在向我们展示田后蓬村周围自然的神奇和瑰丽，令人叹为观止，流连忘返。

　　再一次站在村后的高处，目光穿越那些已经上了年纪的黑黝黝的屋顶瓦脊，想到在几百年前的其中一幢房子的屋檐下，冬日的煦阳照得人身上暖洋洋的，非常舒服熨帖，腊八粥早已喝过，眼看就要廿三夜祭灶送灶司菩萨上天奏好事了，年的脚步一天比一天近了，一位娇憨的女孩在向墙角边晒太阳的长者撒着娇，说是要过完年才回婆家。女孩是老者最小也是最疼爱的女儿，腊月里刚出嫁，心里也是百般舍不得的。出嫁的女儿不能再在娘家过年，千百年前的老祖宗早已立下了规矩，没有任何人可以打破这个习俗。长者经不住女儿的苦苦央求，决定全族上下在廿三夜祭灶后的廿四夜，仿照年节一样，为小女儿破例过一次年，同时这一天所有已经出嫁的女儿都可以带着丈夫、子女一起来娘家"过年"，这就是田后蓬腊月廿四夜过小年的由来。我的朱姓友人已经邀请我多次去体验一下他们村里过小年的习俗，还说现在习俗已经有了更新，除了女儿一家，现在过小年可以邀请亲朋好友一起感受这传统习俗。

　　还没有到访田后蓬前，我对友人肆意渲染家乡的美景以及他所钟爱的一切，一度以为只是爱屋及乌的人之常情。百闻不如一见，站在田后蓬村里村外看到听到悟到的震撼，不是身临其境，是绝对描摹不出、形容不尽的。仅仅这一点，我想，我一定要在下一次友人相邀过小年时，欣然答应，实地实景来体会一下田后蓬过小年的特有风俗。